我在精神科陪你

周牛 著

推薦序

不僅讀故事，也是我們周邊的人生

國立臺東大學華語系副教授　簡齊儒

這個書名直直白白，沒有任何一絲懷疑，也沒有華麗與雕飾，他篤定的語氣，把陪伴的心意，坦率柔和地說出。讀這行字時，忍不住會在「陪你」那裡，放慢語速，也堅定意志。

周牛莒光是斜槓人生的典範組，一方面是衛福部臺東醫院執業心理師，一方面是小說家，他的不一樣，除了心理師，還來自於一個真實且溫暖的阿美族部落，他的筆與心，更別具同理心，近身服務，而能讓筆尖描繪偏鄉百態，帶著愛的溫暖。周牛遇見的虛實故事，轉化為篇篇動容的文學，這本書之前，還有《倪墨（Nima），誰的：一位心理師的小說集》（二〇二〇年，後山新人獎）與《一位原住民心理師的心底事》（二〇二〇年）、《親愛的6c 精神科書寫》（二〇二一年）、《倒影》（二〇二一年）、《天堂》（二〇二二年），堪稱國內最全勤認真的心理書寫，每一部作品都遊走在原漢各種族群、性別、病癥情緒之間，身心受困的人生景況，柔軟寫出一段段徘徊生命街口的靈魂。在周牛勞頓繁忙的臨床工作，依然不忘初心，寫下故事，也樂於引領新人參與各種文藝活動（詩歌朗誦、影片創製），周牛無疑是最熱誠的醫者文學家。

心理師敏銳之眼，卻有文學家柔細之筆，周牛帶我們深探身心變動的精神科故事，醫學書裡看不見的人生。他關注的不是病癥或藥學，而是在井然有序醫學大敘事之背後，融入了倫理、族群的關懷，也有反諷社會的寫實面貌。周牛看見島嶼邊緣被遮蔽的不安與騷動，成就一部慧眼獨具的東臺灣生命浮世繪。

延續心理書寫，周牛繼續在文字裡歷險，把創傷說出，也在各種角色之內游刃有餘，求助者、精神科醫師、護理師、職能師與家人，也與之前6C病房的故事呼應，也與《天堂》互文，呈現作品之間有趣的對話感。《我在精神科陪你：心理師周牛短篇小說集》細數十段尋常生活底下，不尋常的筆態：

〈太陽、月亮與拉雅〉描述阿美族的中年女子精神科患者，係是童年時可能被性侵而罹患的創傷後壓力症侯群。「如果將少女拉雅的面容用工筆畫比喻，是一幅會留住男人們眼光的畫。」餘韻猶存的中年女子拉雅，一直宣稱她懷孕，一直活在早期創傷中，外人看來她在胡言亂語，但拉雅嘴裡所描繪的，就是部落神話知識，「Ina是母親，也是太陽。」「那十個太陽都是以阿美族母性為中心。這樣子的光與熱會不會傷害到阿美族女子呢？」這是對阿美族射日神話的質疑與反思，阿美族以女性為主權，女性如同太陽，但太耀眼的光輝與付出，會不會反而對持家的阿美族女子是傷害？正如在特種行業上班接客的拉雅，還要費心養她的情郎阿城，這是一個熟成的女太陽且受傷的故事。

〈青春舞曲〉禎與雲是童年相識的朋友，長大後雲成了心理師，禎有一段跌跌撞撞的感情，與高中老師戀愛，而新娘不是她。禎收藏了一片葉子，是兩人愛情的證明，可惜，不被承認的愛，就這麼結束戀情，徒留枯葉。而後禎的情感狀態一直不順遂，甚至一度與會談的心理師有過曖昧，正如雲這位心理師老朋友，也對禎存在著情愫。交織著心理師的專業探問，又混雜著對老朋友的情感，故事的兩脈就這麼弔詭擺盪在兩者之間。小說家總是掩藏得很好，故事到了中後段，方才將案情原由慢慢脫出。原來禎的過去是家暴受害者，再相遇是相知相惜，兩人互訴衷情，而能青春再會。

愛情，也在生死兩端呼喚且折磨，以下是一段臺東海岸阿美族的情侶故事：**〈情人袋〉**。火車撞山事件的受難者以青，是醫學所說的創傷後壓力症候群，他的愛人秀綾在他身旁離世，他寧可當一位罹難者，而非留活的人。苦於在夢裡見到斷手吶喊的愛人，以青把愛人給他的阿美族定情物情人袋alofo收納於身邊，把他們一起在媽祖廟求來的月老紅絲線，套掛袋上，情誼不滅，感同身受的黃醫師陪伴以青身邊，聆聽他海浪的情緒。以青在生死、夢醒兩端的思念且自殘，受苦的靈魂，而他只是眾多煎熬者之一，小說家深刻地重現他們的回憶與白色的夢，此時病房外天空依舊湛藍，苦樂並置的身體與世界。

也搭上事故列車的，還有青春正盛的音樂家少男，**〈報案〉**寫的是失去這位男孩的母親阿麗，她總會不時撥打孩子的手機，以為他只是遠行。

〈不變〉小說交織在政戰學院一場講演，與偏鄉醫院的諮商心理師劉繼亮的軍人故事，他回想二十五年前在陸軍官校學校求學青春歷程，自少從軍的信念，小說情節交織著軍人的使命與敵場危難之時的氣節：九六年臺海危機軍人寫遺書誓死護國的忠貞之情，南海巡弋的女軍官面對大陸鐵殼船包圍，孤立無援，而面臨的生死壓力。此時Covid-19疫情嚴峻，醫院改成專治肺炎的處所，無論是看得見，或者看不見的敵人，醫師、護理師，以及第一線的醫事人員就像是軍人，總會不忘初衷，致死無畏，英勇殺敵，那首軍歌響起：「哪怕白了少年頭，報國的心意就像一朵不凋零的鮮花」，花朵恆生，志氣堅毅。

〈聽不見的蛙鳴〉描繪與高中英文老師有過不倫戀情的小爾，慢慢梳理愛情的故事。誰遇上了不被祝福的愛情，任不得年齡長幼，一樣是奔放且煎熬。《我在精神科陪你：心理師周牛短篇小說集》中經常播放樂音，夾帶中西樂曲、文學哲思，採納典故，文白優雅，周牛試探以各種文學形式闡述情感。也嘗試不同的想像，寫心理師的體悟與遺憾，受困的不一定只是患者，心理師一樣也有平凡且感受的心臟，小說的情節表述醫／病天秤的兩邊。

〈固定的幸福〉怡凱回憶的青春日記，一段同性戀情，不被束縛的愛情，到後來終成眷屬。但命運讓她的情人仍舊離開，也讓她精神異常，住進療養院，到底她的餘生如何自處與度過，沒有人能夠給足答案。

〈共病的對話〉則以實驗劇場方式，幽默寫下個人幻想症：腦內住了衛兵和情緒兩種聲音的酒癮者，自詡為外星人還向地球人提出簡報的作家，愛辯論的基督徒、暗戀心理師的媽祖婆的信徒、目中無神的無神論者，還有羅患思覺失調症腦裡有小思與小憂的患友，這群小團體共樂共想，無論怎麼奇想，總有陪伴在側的周牛獅心理師，或許就是那道北極星光。

〈轉院〉送別失智的父親轉院，也如同小時候那段父親遠行的機場離別場景，這是一個父子情深的故事，讀來像是周牛與父親的回想，也或許是你我家裡過去或未來，會遇見的經歷。種種的瑣事，也會是一個個尋常卻值得懷想的回憶。

〈女人〉跑廟的阿美族少年郎阿穠羅患了「女性創傷壓力症」，一心以為女人要征服地球，害怕女人，不容女人近身。他舉出了阿美族女人當道的傳說，與他的師父——五府千歲乩童懼女的經歷，滿載幽默與奇特，但細想之下，這些輕盈的故事，卻是精神失序的日常，一則則重藏社會底層的家庭困頓、個人災難、感情憂傷。小說家是對每一則個案，多麼深入地參與，有時甚且替身代言，恰如寫自己的故事。

個案給心理分析師書寫的靈感，一則則故事的開展沒有沉溺於醫學診斷，它們都有清晰的人事時地物，讓人讀了，就能瞭然於心。經過多年豐富的執業，與書寫的省思，周牛於書中提出醒覺：「可是卻沒有一個診斷能夠讓我們瞭解個案是誰？受了什麼苦？

只是將個案，這麼一個活生生的人藏在病名的後面。」這是心理師的異議，更是真實世界的折射。「這些身心狀態的分類，只是醫學上的專業名詞，回到人性上，以青只是一個受苦的靈魂。」靈魂也會哭，也會笑，也健康，也會感冒。

正如魏明毅《受苦的倒影》所言：「以指標症狀為判準，形成去脈絡的診斷，無法回應生命在生活世界裡真實的苦境。」一個病癥的診斷，無法救治一枚正在苦難的靈魂，在周牛的筆下，一則則故事的眾生相，完全不執著於臨床病理，毋須處方的診斷，他精準描繪生命面貌，共感受苦心境，悲戚的情感交纏，不乏對於醫學省思，比說得清楚的病況分析，更具威力。

在一個個躁動的身軀之內，語言失去了秩序，被凌亂重組，有時語無倫次，有時固執怪異，有時更像是小說。每個患者，飽藏一顆顆受傷的心，溫柔的心事，道盡部落裡的苦難與哀愁，也透露了生命的波折。有的人過得去，有的人走一走就掉到海溝裡，有的人以為出院痊癒，卻在明天選擇結束生命，沒有結局。周牛寫活這些人生，也在每一段故事，安排每一位的醫療人員，精神科醫師、護理師，他們是配角，有時也是主角，精神科的故事再怎麼慘烈，總會有一群人，默默陪伴，默默傾聽，慢慢貼近他的感覺，甚且成為了他。

小說不僅是讀故事，他也可能是我們自己的人生寫照，靈魂也可能在一時半刻，或者一整個季節，甚至在每一個暗夜，被困住了，跌倒了，或者確診了。我很喜歡周牛在

〈跋〉寫道：「時間之神，終究會將一切帶走，然後用黑暗告訴我，陽光的美好已經結束。於是我們要帶著這個美好的記憶，期待明天美好的太陽。」

本來世界就有病，還是我們總被推入絕境。無論哪種憂鬱與黑夜，我們有沒有可能，思覺分裂成為自己的醫者，「我只有變成別人，才能為自己說話」，陪著自己分擔那些傷痛，一起回顧「曾經發生在自己身上的事」，會成為我的力量：下定決心，解開那些困在心裡的摩擦、失去、恐懼與癥結，也許明天過後，終有一條路，太陽照見美好。我們是解釋命運的人，也是決定命運的人。

推薦序

當文學的光芒照亮精神病人的心房

衛福部草屯療養院精神科醫師　高靜玲

如果你是對心理哲學感興趣的讀者，看完這本書可能會讓你對精神議題充滿浪漫的想像，想窺探患者的內心世界。

如果你是社會十方大德的助人工作者，卻未曾待過精神科病房，讀完此書可能會讓您對精神疾患更有側身近看的機會，也會讓你充滿好奇。

從事精神醫療醫院工作二十餘年的我，拜讀《我在精神科陪你：心理師周牛短篇小說集》時，竟會時時刻刻觸動著內心的神經線，感動莒光是如何地用心在文字創作上，將精神患者的所見所說所想寫得如此栩栩動人，如同觀看電影一般，透過文字呈現精神科個案的執著和心痛。閱讀後，也引人思考的是同樣地在這塊土地生長，但是我們對於偏鄉弱勢族群的身心照護，還有原民文化的生活背景，實際上瞭解了多少呢？

透過本書，可以感受到莒光對於精神患者的人文關懷。其實在精神科個案，有些人的大腦生病久了，會漸漸地慢性化，這群病友的邏輯思考和語言能力已然下滑，鮮少能把精神症狀做具體的描述，都得透過會談才能蒐集到病友的吉光片語，再把內容和客觀的觀察對應到每位病人的症狀與診斷。所以我很佩服莒光的文學功力，將臨床個案的經驗用掌鏡般的畫面呈現在讀者面前，迅速地進入病人和治療者的內心，這也是小說的迷人之處，不用像讀教科書那般生硬，但可別在閱讀之時，深陷情感無法自拔，或是執意追尋是否真的有相對應的個案？如同莒光在自序和跋所載，故事是虛構，但在現實上，卻極有可能發生。閱讀時用心領會文字帶給人的感動，相信更能領略箇中滋味，以及需要關注的社會議題。

精神病友們大多在生病初期都經歷過了早期創傷經驗或是重大生命事件，這時，一句沒有溫度的話即可能是壓倒駱駝的最後一根稻草。如何陪伴憂鬱和思覺失調的個案經歷大腦罹病不適，這也是我們精神臨床工作者，終身要努力的功課。精神醫療工作，最大的目標就是讓精神患者病情穩定，擺脫汙名化，和你我一樣有機會走在人生未完的篇章發光發熱。

感謝莒光用心理師共情同理及文學家人本關懷的視角創作了這些短篇小說，呈現精神病友的心之所向，讓偏鄉缺少精神醫療資源的議題更容易被看見！

真情小語

一般醫院內，很少有諮商心理師的配置，莒光是少數中的少數，曾與他共事的我，深知他對精神病友們的關懷與溫度。莒光以諮商心理師的角色，輔以其獨有的深刻觀察與細膩文筆，細細刻畫精神疾患病友們的故事，相信此書能帶領讀者一窺病友的內心世界，也能增加讀者對病友的瞭解與同理，讓世界變得更加美好與溫暖。

美德醫院院長、精神專科醫師　顏銘漢

一篇篇的人生故事，濃縮著不同的情緒，人與人互動皆會譜出不同的篇章。本書中可看到作者細膩描寫精神科個案的症狀表現，臨床上的處理，以及在各個專業的角度又是如何努力站在個案的角度同理，陪伴個案走過艱難的一段路程，每一篇都值得細細品味。

高雄市立凱旋醫院臨床心理師　葉筱琦

精神症狀的自語自笑，情緒失落、被害妄想、焦慮不安、怪異行為……莒光透過冷靜的專業，易感的同理，以柔軟的心，感性的文字，寫出被囚禁的靈魂們，鎖在心底最深最深的故事。讀後，宛若看了一場心靈陪伴的電影，有笑，有淚。

精神科專科護理師　羅玉玲

自序
你我之間

窗外飄雨了，雨水打在玻璃，一注一注流下來。

我聽見從翩翩年少住到灰髮之年的你哭著說：「哭我的青春……永遠回不來的青春。」你沒有擦淚，任憑淚在臉龐放肆流著，「這些年我一直找那個地方，可我卻困在這兒，再也出不去了！」

「你要去的地方，那兒是什麼地方？」我冷冷地說。

「可以讓我安頓的地方。」

「除了讓你安頓，還有呢？」

「讓我……可以得著……安慰的地方。」

「那個地方，是你此時此刻哭泣的地方嗎？」

你觀看四周，猛然地搖頭，「不是。」

「既然不是。唉！」我語氣平淡地說：「到底哪裡才是呢？如果找不到，要不要試著接受這兒呢？」

你的情緒激動，不斷吶喊：「這兒不是那個地方！這兒不是那個地方！」嬌小的專科護理師百般安撫，你泣號著，「這兒不是那個地方！這兒不是那個地方！」專師電話回報醫師，醫師下令：「打針劑，入保護室約束兩小時。」護理師按下警鈴，所有穿著白袍的醫事人員進到病房大廳，與警衛一同將你約束在病床上。約束好後，護理師打一劑鎮定劑，你的眼皮像是加上了重鉛，慢慢地下垂，但你猛然一驚，又睜開眼，來來回回數次。藥效似在訕笑，「縱使你極力地抗拒，那也是無用地掙扎，只消再過些時間，你就會昏沉睡去。」

也許你會做一場夢，夢見你奔向另一個你想要去的地方……你曾告訴我那兒的景緻，那兒是在山巒間，在海濱處，山路彎延，不好前行。但那條路，連結了你的感情，像是臍帶，連起你的思念……思念那個可以讓你安頓，讓你得著安慰的地方。

我想把這個故事寫出來。驀地，我的思緒閃過華人世界兩位已經過世的小說大師——金庸與倪匡，有一回金庸讚嘆倪匡說：「無窮的宇宙，無盡的時空，無限的可能，與無常的人生之間的永恆矛盾，從這顆腦袋中編織出來。」我沒有倪匡腦袋，但我努力地燒著我的腦子，動筆將你編織在這十則短篇小說裡，虛構為經，杜撰為緯，想像成一張經緯交錯的網，一字接著一字，一句接著一句。在字裡行間，我是導演，而你是主角。我希望能網住讀者朋友們，在這些編織的文字中貼近精神科；最重要的是……要讓他們能看見你，感受到你的心。

文字世界對於我而言，充滿著魔力，彷彿上癮一般，一個「寫」癮，於是乎你活在這些文字裡面，我愛上文字世界中的「你」，愛你的苦，愛你的愁，愛你的……，因為你的感覺，我感受得到，我要與你共情同感。我就這樣子寫寫寫……寫出你對許許多多人說不出的故事。若有人問我真實的世界中是否有個對應的「你」存在？我會回答：「每個人的心中都有『你』的存在。」若要再追問到底是不是真的故事？我會說：「在如夢似幻的情節，核心的喜怒哀樂悲歡離合是真的，每個人不都有這樣的感覺嗎？」喔！我還會再多加一句，「如有雷同，純屬巧合。」

我看著你的四肢被牢牢地約束在床，胸約、腹約，不禁想到上回我寫的一首詩〈僵直症〉：

眼底的世界靜下來
約束人的警衛染上躁症
拿著針劑的護理師
陪著入夢
憂　鬱　擾動
　思　潮　散亂
　　　　漸息

一池漸凍的水
寒冷地　僵住　僵住
由外而內
眼盯著成形的水晶
凝住　腦子裡的憂思
一層又一層

*註：某日病房內病友躁動，醫師囑約束，警衛與同仁執行醫令，病房紛紛亂亂，護理師持鎮定劑注射躁動病友。驀然，又傳僵直症病友發作，全身僵硬，眼神散，似入夢，凝空某處。

你知道的，在我們的地方經常上演著這一幕，而那個地方正是有苦、有淚，也有歡笑，但別人不容易看得到的地方。

我抽離紛亂的思緒，眼睜睜地看著你。你側著頭，臉上兀自留著淚水，呼吸平緩，我轉頭看著病房窗外，天雨了。

我想像著山路曲折，你努力地向前奔馳，那個身影是自由的。

目次

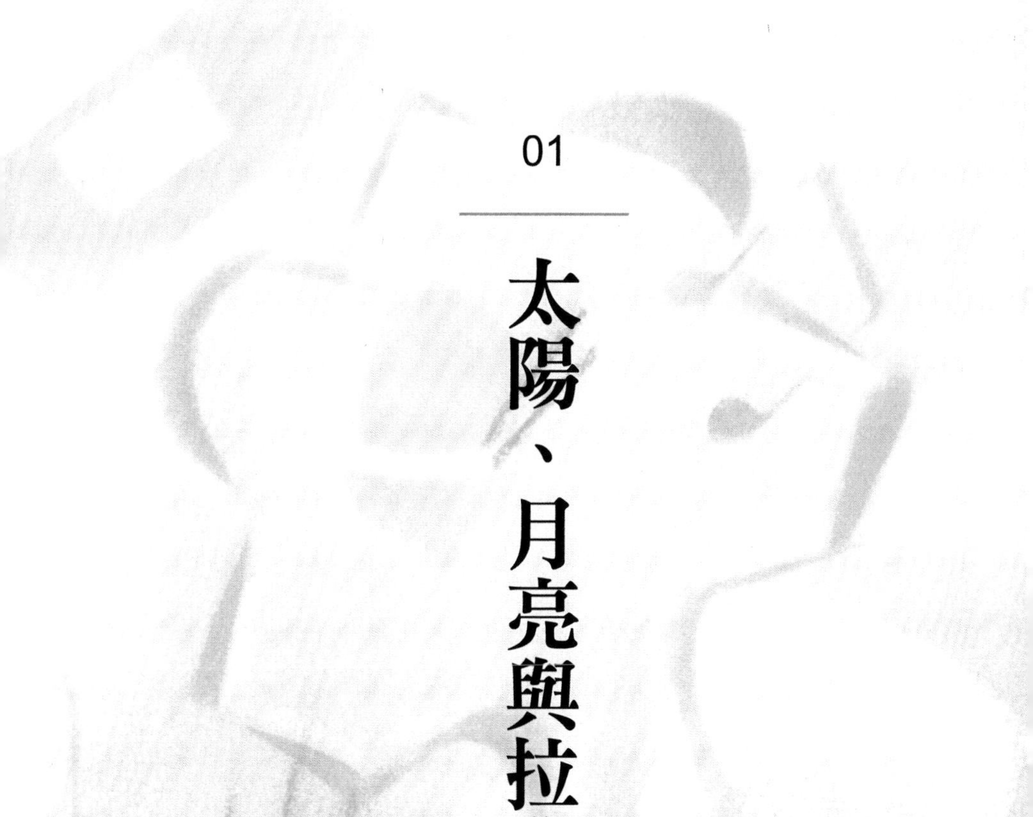

01

太陽、月亮與拉雅

最近拉雅的脾氣變得暴躁，行為怪異，而且容易與人衝突，個性也很固執，講話時常語無倫次，破壞東西及暴力打人，智能反應也變差了。

晨間交班時，拉雅的主責護理師羅海萍，以他特有低沉的嗓音，交班說：「阿強，阿美族，酒癮。昨天從急性病房轉入慢性病房，拉雅一看見阿強，就動手打他。值班醫師下令給予拉雅針劑及約束兩小時。」

拉雅是阿美族的中年女子，在醫院精神科的慢性病房的時間比任何一位醫事人員都長，算得上是元老了。如果她是精神科的同仁，會是個活字典，大小事都清楚，可是她卻是思覺失調症的患者，有身體妄想。

「拉雅，一直說自己懷孕了。」羅海萍補充。

羅海萍是新進的護理師，男性，在都是女性護理師的世界，羅海萍是少數了。他當初選護理系，跌破許多人的眼鏡，他身材高大壯碩，鬍子冒得特別快。他在當兵時，老為鬍子苦惱，早上刮過，下午就冒出來。常常被長官修理，認為他儀容不整。

退伍後，他乾脆留落腮鬍。這麼一留，就讓人感覺到年紀輕輕的他，長得特別著急，有一張超齡的臉，他的手指粗大，卻是繪畫的能手，尤其擅長粉彩。他的名字是「海萍」，常會被誤以為是羅海萍「小姐」，等看到他本人，往往又讓人訝異地說不出話來！

主持晨會的精神科主任黃醫師聽完羅海萍的報告後說：「拉雅是梅毒患者，早期沒有接受良好的治療，現在進到第三期了，在臨床上這類的病人會引起腦膜、腦血管、腦組織以及脊髓等病變。表現的症狀，包括頭痛、頸部僵硬、精神混亂、煩躁不安、記憶力減退、神情淡漠、複視、顫抖、口吃，甚至全身抽搐、大小便失禁、半身不遂、嚴重認知功能不足等。」黃醫師話匣子一打開，便愈說愈多，讓人的眼皮子越來越重。

羅海萍啜一口咖啡，動動身體，提振精神，但撐不了多久，他開始神遊，想著拉雅。

「拉雅，妳說妳懷孕了，能不能告訴護理師，孩子的爸爸是誰？」羅海萍好奇地問。

「陳水扁！」拉雅思考一會兒，又換成「馬英九！」

幾乎所有的總統，都當過拉雅的男友。喔不！不是所有的總統，拉雅不喜歡年紀太大的總統，「找個阿公當我的男朋友，這可不行。」

羅海萍心想，「那個阿公，不知道是不是指李登輝？」他又轉念，「應該是蔣經國，不過蔣介石最有可能，因為人稱他是『蔣公』，是一位不斷連任，最後成了『老阿公級』的總統。」

阿強遇到拉雅，也算是倒楣，阿強是酗酒成性，常常住院的酒癮個案。他從精神科急性病房轉到慢性病房，拉雅一見到阿強就哭了，拉著阿強的手。「你為什麼要丟下我和孩子？」哭鬧著，硬是要阿強負責。阿強看到一個蒼老的中年婦女，罵他始亂終棄，要他負責，還抱著他哭……阿強嚇壞了，對著護理站喊救命。

接著拉雅動手打阿強，阿強長期酗酒，身體被酒精殘害得像是竹林裡乾枯的竹枝，竟然只呆站著被拉雅打。護理師、警衛架開拉雅。值班醫師下醫令，「約束拉雅，並打一套A加B[1]。」警衛和男性的醫事人員都圍著拉雅，將拉雅五花大綁約束在床，羅海萍打完針，拉雅帶淚睡去。當天，拉雅就從慢性病房轉到急性病房了。

「海萍！海萍！」黃醫師低呼，「你在想什麼？」

「沒事，在想拉雅的事情。」羅海萍搔抓他的落腮鬍尷尬回應。

「可以教拉雅一些自我放鬆的技巧。」黃醫師叮嚀。

「是的。」閉口打哈欠的羅海萍悶著回話。

幾天後，羅海萍忙完病人的事情，特別抽空與拉雅會談。拉雅看到羅海萍，很開心，表示很久沒見到男人了。說著，說著，就伸手握住羅海萍的手，「海萍，你人真好！」

「拉雅！拉雅！妳這樣子，我們無法談話了。」

拉雅咯咯地笑著，歲月在拉雅的身上留下了蒼老，可是羅海萍細細端詳，拉雅在少女時，應當也是個活潑嬌小的女孩，她的臉有著一雙會說話的眼眉。如果將少女拉雅的面容用工筆畫比喻，是一幅會留住男人們眼光的畫。

「把手收回去。」羅海萍正色說道，「我是護理師。」

拉雅笑著收手。

「拉雅，最近身體好嗎？」羅海萍語氣溫暖。

「最近……她沒有來？」[1]

「是誰沒來？」

「大姨……」

「妳是說月經沒來嗎？」羅海萍與拉雅核對。

拉雅點點頭。

「因為我懷孕了。」拉雅不好意思，低頭微笑。羅海萍想起晨會時，黃醫師說：「這個是符合思覺失調的症狀——身體妄想。將自己的停經，認為是懷孕了。」

「小孩子的爸爸是誰？」羅海萍好奇地問。

拉雅頓了，「孩子的爸爸是……是阿扁的。」但過一會兒，「是馬英九的。」拉雅笑著，「他們倆人都當過我的男友。」

「你肚子裡頭的骨肉是誰的？」羅海萍再次提出確認。

「是誰的？是誰的？」拉雅喃喃自語，突然間她變得很焦慮，「是他的嗎？」接著拉雅猛打自己的肚子，「我不要，我不要。拿掉，拿掉。」她的情緒崩潰，在病房大吼，警衛來架著她，進到保護室。約束好拉雅後，羅海萍給拉雅打一針，拉雅昏昏沉沉睡去。就這樣，反反覆覆地懷孕兩三年，誰都有可能是孩子的爸爸，從歷任總統到醫

---

1 指Anxicam與Binin-U兩種針劑。

院的院長，甚至連羅海萍服務醫院的院長，一位才剛上任的婦產科醫師，只會診過拉雅一次，也成為肚子裡孩子的爹。

至於羅海萍……拉雅還沒對他說過：「你是我肚子裡寶貝的爸爸。」倒是最近拉雅的先生又變成了月亮，這勾起了羅海萍的好奇。

「護理師，我跟你說，阿美族的女人是很堅強的。」拉雅說。

「怎麼說呢？」羅海萍充滿疑問。

「Ina是母親，也是太陽。太陽創造天地，是最高的神。Mama是月亮，是父親的意思，月亮從事生產，創造五穀。是男人養活女人，可是女人卻是最有權力的人。」

拉雅娓娓道出讓她產生妄想的傳說：「我小的時候，天空上有十個太陽，那時候都快熱死了，我們家附近的河，原本很深的河，慢慢變淺了，魚變得很好抓，再來變成泥水，最後都乾枯，見到河床，部落完全沒有水喝，農作物也長不出來，根本就無法生活下去。」

「那部落怎麼辦呢？」羅海萍順著她的妄想提出疑問。

「部落頭目召集族裡的長老和族人開會，族裡有一位男子自告奮勇的說：『就由我們男人射下太陽吧！』頭目就說：『好，等到太陽射下來，大家才有好日子過。』於是，部落的男人們便起身去執行這項任務了。」

「這很像后羿射日。」

「那是不一樣的，這是發生在我小的時候，后羿是中國古代的故事。」

「拉雅的妄想，真的嚴重。」羅海萍心想。

「可是過了很久，太陽還是沒有被打下來，而男人們也不知道跑到那兒去，一直沒有回來，音訊全無。族裡的女生天天在家裡不能工作，一點辦法也沒有，這時，我就跟媽媽說：『既然男生不能為我們解決困難，我們女生還是靠自己去把太陽抓下來好了。』部落的女人討論以後，決定用織布捕捉太陽。」

「怎麼抓？」

「我們用世界上最耐熱的線，織成一片好大的布，趁著太陽疲倦準備休息的時候，女人們在山谷中，一個一個地把太陽們抓起來，就這樣，女人們抓到了七個太陽。」

「還有三個。」

「剩下的三個好驚訝！覺得部落的女人實在是太厲害了。於是去求饒，族裡的女人想，其實太陽對部落也是有幫助的。只要求太陽們不可以一起出現在天上，這樣會把族人熱死的。」

「那太陽們……要怎麼做呢？」

「族裡的女人討論後說，你們其中只能有一個，在天空中，按著路線從起點規律地走終點，熱能要慢慢地給，不能一次給太多；剩下的兩個要分別出現在晚上，其中的一個要散裂開來，成為一顆顆發亮的珍珠，另一個可以留在天上，但光芒要柔和，讓人可以用眼睛看著，不要熱得人很難受。你們答應這樣做，我們女人就不殺死你們。三個太陽覺得很合理，便答應了，立即作了分工。一個太陽不用變，繼續留在天上，但是一直在天上，似乎也不行，所以他和族人協調，把時間分配好，當他休息的時候，天就變成黑暗。一個太陽變成月亮。另一個太陽『轟』一聲在空中散開變成一顆顆的星星。從此以後，阿美族的人終於有好日子可以過了。他們可以種田，可以工作，可以有飯吃，晚上可以歌唱了。」

「被抓到的另外七個呢？」

「那七個太陽就變成強壯、英俊的男人，負責到藍藍的海洋捕魚，給部落的女人吃，保衛部落，不被外族欺負。女人就在家主管一切，並為部落族人生養下一代，男人就要好好地保護女人，因為女人是大地的主宰。」

談完後，在隔天的個案討論，羅海萍報告拉雅的狀況，黃醫師為拉雅下了重藥。此後，只要見到拉雅，就是一副懶洋洋的模樣，懶得理人，一個月後，她的幻覺、妄想減少。數週後醫師評估減藥，拉雅才慢慢地恢復精神，可以對話了。

那天，心理師在病房帶粉彩畫，引導著病友，刮粉彩，用手指細畫。拉雅原在一旁看著，後來她也想加入，「心理師，我可以畫嗎？」

「可以呀。」

「可是我擔心我畫不好！」

「很簡單，自由自在地塗鴉，別管自己畫的像不像。」

「真的可以嗎？」

就這樣，拉雅愛上了粉彩畫。拉雅畫的是天雨，她說：「雨，讓我想到家，想到以前在家時，我喜歡下雨天。」拉雅也喜歡微風，她用柔柔的粉紅色代表美麗的風。最後她淡淡的分享，「我無法回家，只能透過這幅畫來想家。」

拉雅開始畫畫，沒事時，就拿起筆來塗鴉，並珍藏她的畫作。羅海萍與心理師討論了拉雅的畫，透過拉雅的畫，羅海萍想要貼近拉雅的心。

有一回拉雅向羅海萍傾訴，她說：「我有過快樂的童年，但是國中以前的事情，我完全記不起來。」拉雅拿了一幅畫，畫紙上只見一個小女孩屈身在鐵籠內，兩個看似老男人，拿著吹箭，有一個女人沒有畫出臉，還有一隻巨大的陽具伸入鐵籠。天空飄著雲，雲裡有個小女孩，看著籠子的小女孩。

羅海萍感受到畫裡藏著可怕的記憶。那回和心理師討論時，心理師曾說：「從發展心理學看拉雅的身心狀況，我合理地假設拉雅的早期經驗有重大創傷。我很好奇像拉雅這樣子的個案，成長後才到精神科就診，醫師的診斷到底是什麼？我查醫師的診斷，有思覺失調症、憂鬱症、創傷後壓力症、解離……算來算去，拉雅的診斷竟有五、六種。」

羅海萍不禁幽幽地嘆息，前陣子才有位住院的個案為了診斷書上的病名，很痛苦地對羅海萍說：「為什麼我會得思覺失調症？我的世界因為這個病名而毀了。」

心理師又說：「像拉雅這樣的身心狀況，醫師如果注意到『情緒起伏』，會診斷是『雙相情緒障礙』；如果看到的『絕望』，或是有『自殺意念』就會說：『憂鬱症。』如果注意到『出神』了，會下『解離』的診斷；如果有『創傷史』，與生死交關，會診斷是『創傷後壓力症侯群』。」

羅海萍想起來，在一次個案研討，黃醫師提到：「診斷是我們定義個案問題的方式，決定我們如何治療個案！」

「可是卻沒有一個診斷能夠讓我們瞭解個案是誰？受了什麼苦？只是將個案，這麼一個活生生的人藏在病名的後面。」心理師提出異議的觀點。

「心理師，你是說診斷不重要？」羅海萍感受到黃醫師在詰問中，帶著醫學的權威。

「這些診斷都是對的！如果我們要理解這個人為什麼生病？就必須要回歸到他是一個人，而不是從一個病名，要從人的角度來看這個人。」心理師回應，「人生的情境，有失落、焦慮、無意義感……，人所做的每一個行為，都是為了要讓自己避免這些痛苦。」

「你再多說一些？」黃醫師對心理師的回應感到有些興趣。

「心智、大腦，還有人的情感依附很複雜，沒有像內科定義肺炎、肝癌，那樣的精準……」心理師再補充，「如果不是器質性的病變，我們是不是要回到『人』的身分……」

這是個案研討，各有各的專業，可以各持己見，但在醫院仍然會以精神醫學來主導個案的一切。黃醫師在總結時說：「精神科病房是不能只有醫師，每個職類——社工師、職能師、心理師、護理師以及每位會接觸到病人的同仁們都很重要……」黃醫師沉思了一會兒，「治療，這條路是很漫長的一條路。」

羅海萍覺察到思緒飄走了，他深深地呼吸，回到拉雅的畫上，想要從拉雅的畫中，走進她的內心。拉雅重看這幅畫，也感到不舒服，本來想撕掉畫，被羅海萍制止，「拉雅，妳的畫是有生命的，這個畫作，要好好保存。」接著說：「心理師不是說畫要收好嗎？」拉雅才作罷。驀地，拉雅想要畫畫，向羅海萍要紙筆。

拉雅是在東海岸的阿美族部落成長。每天都可以看見藍藍的大海。這回她畫出來海洋，左半是藍藍的海面，柔柔和和，一望無際。右半是是灰黑色的大海，透著陰沉。羅海萍看著這幅分明的畫，拉雅斷斷續續說著，羅海萍拼湊出拉雅的意思——藍，藍藍的天；一大片藍藍的海。偶爾有幾片雲，綴在上頭。當然還有浪，浪湧，輕輕地拍在黑色的沙灘上，接著浪碎了，退入海裡。這是大海的溫柔。但大海總不會一成不變，有時會變了臉，藍，不再是藍了，首先會從藍天開始，綴在天上的雲，變灰暗，接著陰沉，整片天都是黯然無光。於是海也變了，變成陰暗的顏色，藍不見了。陰暗的天空，黑色的沙灘，配上灰暗的海，浪變臉了，惡狠狠地，重重地伏起，又重重地摔下，打在無邊的黑色上，散成雪白一片的碎浪，緊接著黑色就會吞噬碎浪，等待下個輪迴。

「像極了我的心。」拉雅若有所感。

「有時，我去海邊，海水就在腳邊，踩著碎浪。那是天氣柔和，陽光溫暖時。」拉雅閉起雙眼，像是在自己就處在暖暖的海邊。霎時間，拉雅的神情變了，變得害怕，像是受到極度驚嚇的小雞，尋找庇護，但找不到，「有時大海會咆哮，一直咆哮，洶湧地掀起浪濤，潮聲如雷，狠狠地拍打著海岸。」拉雅睜開眼，「小時候，只要一變天我就會害怕地躲起來。當躲不掉時，整個人就僵住了。」

「大海讓妳聯想到誰？」

「那些太陽，有溫柔、但也有凶暴。」

「在日常生活中，像誰呢？」

拉雅低著頭，「我爸爸……」

拉雅感受到羅海萍的溫暖與關心，打破了她的心防，淚訴自己的那段往事——拉雅在國中時，遭親生父親性侵。

拉雅國小時，父親失業，開始酗酒，醉打拉雅的母親，母親跑了，只剩拉雅、父親與阿嬤住在一起。

拉雅不喜歡回家，常常與男友——同村的臺灣人阿城，在外遊盪至深夜才溜回家。阿城滿十九歲，人很帥氣，左胸口刺了英文字S，阿城說S是超人。阿城的型是女生喜歡的型，阿城說：「拉雅，今天我十九歲，明年就要去當兵了……我想要一個生日禮物？」

「什麼禮物？」

阿城淫淫笑笑地在拉雅的耳畔低語，拉雅又羞又驚，「不行啦！哪有人要人家不穿衣服……當禮物。」

「哈哈！」阿城大笑，強拉著拉雅的手放在他褲襠的鼓脹處，「妳摸，變很大。」

那個瞬間，拉雅的手感受到阿城的昂揚，隔著褲頭在她的手中跳動著，心中浮起異樣的感受，伴隨著那顆跳動的心，拉雅感受到內在蠢動的慾火，隱隱地燎起，她感覺口乾，警戒地收回手，「討厭啦！」笑著跑了。

「要給我禮物，我等妳喔！」阿城笑喊。

拉雅轉過頭，對阿城做了個鬼臉。

那一天，拉雅回到家，見到父親醉倒在客廳。拉雅扶父親進房，她感覺父親的手觸碰到她的胸乳，後來是捏住她的雙乳，父親強調拉雅的一切都是他給的，強力摘下青春的花朵。

完事後，父親呼呼大睡。拉雅沒有太多的感覺，那晚她到阿城家裡，完成阿城想要的嘗試，把自己當作禮物。阿城的第一次草草了事，拉雅裸著身笑咪咪地用自己柔軟的身子再次刺激阿城，拉雅不知道是報復她的家人，還是報復她自己，阿城被激起的昂然讓胸膛的S變大，阿城用氣力頂著拉雅，他覺得已經漲到最滿了，瞬間他有點猶疑，該不該衝刺到終點？但拉雅將身體深處緊緊密合著阿城，不容阿城思考，再次感受到拉雅身子緊實的阿城，終於將內在所有的慾望淋漓致盡地渲洩在拉雅最深處的宮殿。阿城趴在拉雅的身子上，抱著拉雅，享受癱軟的愉悅。

同一個晚上，先後有兩個男人在拉雅的身體進出，擁有青春肉體的拉雅覺得奇怪，「不是會有高潮嗎？」男生在高潮時，拉雅可以感覺到他們在她的身體一次又一次不能克制地在她緊實的深處湧動，「男人得到的滿足時都是這樣嗎？」拉雅納悶，「為什麼我對我自己身體的反應都沒有感覺呢？」但是她知道從這一刻，她的生命不同了，拉雅流淚。

阿城起身穿起褲子，抽著菸，聽著花蕊在暴雨中被強行摘落的故事。阿城吐著菸圈，一圈又一圈地擴散，隨後消失，又歸於空無，僅殘留菸味。他看著眼前菸圈內的裸身女子，瞟上剛剛進出的孔穴，仍然是鮮紅的色澤，青春的顏色。阿城似乎看到他的體液混著這個女人的體液，正從宮殿內流出到了宮門口。

阿城深深地吸一口菸，心想：「喔！不，應該還有她爸爸的。」阿城感到一陣噁心，將菸蒂的殘火使勁地按熄在菸灰缸，按得太大力了，菸草的星火飛落在阿城的手背上，阿城趕忙地拍掉微微星火。

他抽出面紙給拉雅，「擦一擦啦！俉娘仔。真衰！」隨後，阿城又燃起另一隻，猛吸著。他的整個思緒是亂的，飄到拉雅的酒鬼爸爸，阿城想那個酒鬼與他作出同樣的動作，就發生在他與拉雅交融前不久。阿城一想到拉雅的身體殘留酒鬼爸爸的液，與拉雅的液，還有他衝刺的液和他的濡沫，都已混在一起，那個感覺加上他的想像，讓阿城心中大罵拉雅的酒鬼爸爸，接著遷怒到拉雅，脫口而出，「噁心死了，我還親下去！」

拉雅受重傷的靈魂被撕裂了，淋漓的鮮血，自撕裂處流下來。原本流淚的拉雅，很快地沒有了淚水，她感覺不到痛苦，那個到頂的痛苦，再多加一點，就麻木了。而阿城的話正是那多加的一點。她坐在那兒，不能動，也不想動。

阿城把拉雅推出門，將她的衣物，丟置在一旁。那年，她才十六歲。那夜晚風很冷，裸身的拉雅在門外將衣服一件又一件地穿上身，遮住染汙的身體，她像個孤魂，坐在海邊。菸，一支接著一支抽。這天是滿月，潮水慢慢地漲到腳邊，海浪調皮地一次又一次抓白白的玉足，拉雅心想，「就這樣吧！讓大海拉我下去吧！」那個深夜，拉雅也不知道是怎麼回家的？直到阿嬤起床，看到拉雅痴痴地坐在沙發上。

「拉雅，妳怎麼了？」

阿嬤的這句話，喚回拉雅，她全然崩潰哭泣，陷進痛苦的深淵。

「發生什麼事？」

阿嬤知道這件事情，勸拉雅隱忍。

嚐到拉雅身體滋味的爸爸，感覺拉雅不再是他的女兒，但也有那麼一時片刻，他會自問：「拉雅的身分到底是什麼？」想得頭疼時，就不想了，讓自己的腦細胞沉浸在酒精裡，酒精加上性慾一次又一次讓父親上女兒的劇碼不斷重演。

拉雅不堪壓力，哭倒在學校輔導老師的懷裡，拉雅說那個感覺就像她那天獨自坐在海邊，迎著滿月的月光，輕柔地吐著煙紋，沒過一會兒，厚厚的雲浮現，完全地遮住月光，世界黯淡了，看不到海，看不到岸，黑的更黑，暗的更暗。

老師追問，拉雅供稱：「每一次，我都躺著不動，等他結束，我再去整理。那個男人上我的床時，我都很不情願，我直接跟他說我不喜歡這樣，他說這件事情講出來，他會被抓去關……」說到這兒，拉雅已經泣不成聲。得知拉雅遭父親染指的老師，又再詢問，拉雅也被阿城上過，還遭阿城拋棄。立即報警了，拉雅的爸爸，還有阿城被警察帶走。

拉雅說到這兒停了，喝一口水，稍歇後，又繼續，「爸爸在法院審理時完全否認，又拉著阿嬤來作證。」甚至，拉雅的爸爸辯稱——他與女兒感情深厚，擔心她的性慾，遭到居心叵測的男性欺負，像是阿城就常常與她做愛，而且拉雅也不知道要採取避孕措施，如果得到性病，甚至懷孕，會很難處理。

拉雅的爸爸在法庭上，「報告法官因為我的女兒有那個那個……」

「你要說什麼？」法官嚴肅的語氣。

「她有性成癮症，我真的很擔心她會受情慾綑綁，我才無奈違反倫常與她那個啦！」

「你說那個是什麼？」法官按捺情緒。

「是打……」拉雅的爸爸將要說出口的「砲」，硬生生吞下，又補充，「身為父親的我，每次都看她和阿城亂搞，我是想改善她的狀況，才答應滿足我女兒的性需求。」

法官已經忍無可忍，勃然大怒，「你到底是人？還是畜生？有這樣當爸爸的嗎？」大聲斥責，「這簡直是人神共憤！」

法院的判決書寫：「……渠觸犯妨害性自主等罪，利用與親生女兒之親情及信賴關係，無視女兒之發展未臻成熟，為一己之私慾，將其視作發洩性慾之對象，違悖人倫綱常至鉅，實為社會道德、法理所不容。」

法院判了拉雅的父親最高徒刑。阿城也遭判刑。拉雅說：「我被媽媽接走，沒想到媽媽的同居人……」

拉雅嘆了一口氣，彷彿是心頭最後一絲微微的希望燭火滅掉了。羅海萍感受到拉雅的世界，從那刻起全黑下去了，全暗下去了。拉雅說：「自那時起，我遠離所有的家人，進到了寶斗里。」拉雅道出——

第一天接客時，拉雅還有些害羞。第二天……拉雅開始駕輕就熟，「有時就像是擠牛奶，只要一夾緊，那些男人就全出來了。但是遇到些喝醉才上門的恩客，就不好處理了。」拉雅略帶驕傲地說：「我總是會想方法讓醉客滿意。」拉雅敢衝，敢玩，成了紅牌。

羅海萍靜靜地聆聽拉雅。

「那時候我會用盡身體的各個部位，使得嫖客充滿遐想，我的身體就是讓客人滿意的工具。」拉雅頓了一會兒，「我也是要努力工作呀！才能賺得到錢呀。」語畢，拉雅抬起頭，她的雙眼閃爍著青樓女子般的波光對羅海萍微笑。羅海萍無語，因為他也不知道該說些什麼？內心的感覺很複雜。

「護理師，你在想什麼？」

「我在想……妳那時的生活，妳的感覺是什麼？」

「麻木，或著是把它當作工作吧！直到有一天，遇到了一位客人，點名要我……」

拉雅著敘說那時——

倆人相對後，拉雅看清那個男人的胸堂刺了S，驚呼：「阿城！」

阿城看了半天，使勁兒地瞧拉雅，「幹恁娘，果然是妳，早就聽說，這兒來了一位敢玩的小姐！」

保鑣們聽見阿城的三字經，全部蜂擁而上，「大仔，大家攏是來迌迌開查某……拜託，麥亂！」

「沒歹事啦！」阿城伸出右手摸後口袋。

保鑣們後退一步，有的手伸進口袋準備，有的厲聲道：「你麥黑白來喔！」

阿城隨即警覺地高舉雙手，右手拿出一疊紅紅的鈔票。阿城的兄弟笑說：「人家以為你拿鐵仔[2]。」

「幹！大仔，要給我們嚇死喔！」保鑣笑說，隨即正色，「前幾冥附近有人拿阿拉[3]和芭樂[4]在火拼。」一群男人笑開了。

「剛剛口氣真歹，拍謝。」保鑣致歉。

「不要緊。」阿城豪氣地說，隨即賞保鑣們鈔票，並說：「只是遇到以前的老朋友。」阿城看著阿雅，鄭重地用國語說：「今天她的節數，我全買了。」又掏出大把鈔票遞給媽媽桑，提高聲量，「每個人都見紅喔！」見錢眼開的媽媽桑，還特別叮嚀拉雅，「拉雅，要給城大好好服務喔！」

阿城顧不得他的兄弟在場，陡然伸出他又是龍又是鳳的粗黑臂膀，一把將拉雅猛地抱在懷裡，側身用他節節瘤瘤的手緊捏著拉雅的奶，低語說：「害我關那麼久？」

「哎呀！」拉雅抗拒。

「哎呀什麼？幹！關完後，我才去當兵。」

「當老兵，老砲兵齁？」那群兄弟大笑。

阿城對他兄弟的訕笑，也不搭理，繼續對拉雅低語，「真衰，就是被妳……」阿城

---

2 指槍枝。
3 同前註。
4 指手榴彈。

雙手環抱拉雅，兩隻手緊捏拉雅的胸部，阿城繼續，「幹，我變成全連最老的兵。」隨即拉下拉雅的手，低聲：「看我今天怎麼弄妳！」

「大仔，好好爽一下。」兄弟吼道。

阿城不管這些人了，逕將拉雅入房。倆人在性事上頭較量，性海情山的拉雅用盡身體每一寸的肌膚，讓阿城從拉雅身上獲得前所未有的滿足。從那天起倆人就搭上了。

「阿城畢竟是我的初戀情人，是我真心愛過的男人。」

「妳和阿城有結婚嗎？」

拉雅搖搖頭。阿城表面上是男主人，卻是個吃軟飯的男人，所有的經濟來源完全是依靠拉雅，甚至用拉雅的皮肉錢在外面包養女人。

拉雅說到這兒時，羅海萍心中浮起拉雅說的阿美族的十個太陽的故事，同時，拉雅也轉看窗戶外被太陽照得一片白花花的世界。羅海萍看著拉雅的神情，腦海中突然冒出，「那十個太陽都是以阿美族母性為中心？這樣子的光與熱會不會傷害到阿美族女子呢？」

「後來，我去日本工作，轉了一圈回到臺灣……」拉雅繼續。

「回到臺灣之後，妳做了什麼？」

「我當了媽媽桑，旗下擁有許多小姐，賺進很多很多的錢。」

拉雅沉默了，羅海萍從她那雙衰老的眼睛，看到迷失的靈魂漸漸浮起異樣的神采，拉雅又說：「我曾遇到一位日本人，他對我很好，知道我是臺灣來的，常常點我的檯，他說到日本來一定要去瀨戶內海賞夕陽……在日本時，有一回應該是春末夏初的季節，他帶我出遊，倆人走到海邊，在傍晚時，殘陽餘溫，不冷不熱，遠方的天際被塗得一塊金黃，一塊紫紅，真是美極了。」

「阿城呢？」拉雅還兀自沉浸在她的世界，沒有回答，羅海萍看著拉雅，心想：「那個世界不知是她的妄想？還是回憶？」

「拉雅！拉雅！」羅海萍輕呼。

「護理師，你要說什麼？」拉雅回神。

「阿城呢？」

「我也不知道。唉！男人就是這樣，青春期十六歲時，喜歡十八歲的女子；二十五歲時，喜歡十八歲的女子；三十五歲時，喜歡十八歲的女子；五、六十歲時，還是喜歡十八歲的女子。當我無法再回到十八歲時，他走了。」

拉雅說出這句話時，羅海萍看不出她的悲傷。拉雅說完後，很開心，又伸手握住羅海萍的手，「海萍，你人真好！我很久很久沒牽到男人手了。」她嬌羞地說：「除了那個日本人會靜靜地聽我說話，其餘的男人都是戀著我的身體而來。」

「我是護理師。」羅海萍正色地抽出手。

羅海萍對拉雅的情緒很複雜，有憐憫、同情、悲傷，當然也有憎惡，彷彿他變成了阿城、那群嫖客，甚至是拉雅的爸爸，有一回他做了綺色的夢，那是在海邊，夢中出現一位女子，在羅海萍眼前褪去衣服。看不清臉，羅海萍只覺得她很熟，兩人在消波塊中激情著，浪花陣陣，白雲點點，激情當下，天色變了，浪濤掀天，羅海萍看清了那個女子就是拉雅，流著淚，裸身緊緊地抱同樣赤裸的羅海萍，羅海萍驚醒後，訝異自己的內褲濕成一灘。

那陣子，羅海萍定期尋求心理師的督導，也看看他自己的內在感受。

在爾後的會談，不管是黃醫師、心理師，還是社工師，拉雅一直說不清她的梅毒感染來源，因為她在特種行業，人來人往，就像海浪一樣，潮來潮往。她的認知功能是越來越混亂。後來，精神科的社工師將她轉介安置在機構內，拉雅正式出院。

若干年後，拉雅又住回醫院精神科急性病房，這回黃醫師最新的診斷是失智症。拉雅已年約六十多歲了，但她老是只說：「我今年是十歲。」

拉雅再住院的原因是，有一回她離開機構，失蹤了，機構動員所有人尋找，並請警察協尋，後來找到，她就說自己只有十歲。機構裡的員工為拉雅辦住院時，和羅海萍聊說：「找到拉雅的是一位胖警，當時他看見拉雅口中念念有詞，大叫拉雅的名字。拉雅一看到胖警，害怕地轉頭狂跑，胖警追得氣喘噓噓的，終於追到了。他大罵拉雅：『幹！是著煞，著魔神仔喲！跑啥小！』接著把拉雅送回來了。」

羅海萍心中感到不捨，拉雅當時一定嚇壞了。拉雅已完全不認得有落腮鬍的羅海萍曾是她的主責護理師，拉雅在精神科急性病房住滿後，轉到慢性病房。她看到羅海萍時，總是淚眼汪汪地說：「我真痛苦喔！」

「拉雅，妳怎麼了？」羅海萍說。

「肚子痛。」拉雅摸摸肚子。

羅海萍抱抱她，又好了。

又過了若干日子，快過農曆年節的時分，報上新聞登出拉雅的事，她的女兒找到了。如何尋獲的？當然是警察先生的幫忙，那一陣子警察負面事情太多了，不是白嫖，收受八大行業的紅包，就是包庇毒販；還有男警對女警示愛，被女警拒絕，男警變成恐怖情人，男警被調走後，奪取同仁的配槍，揚言要殺掉調他離開原單位的長官。

電視新聞播出被上手銬的警察正是追著拉雅，跑得氣喘的胖警，他因為包庇色情業，收下的規費紅包達千萬元之多，並經常接受業者性招待，免費對年輕的下海女子試車，遭到收押禁見。

難得警察協尋到拉雅的女兒，警察局就主動發佈這個溫暖動人的新聞，警察還以公務警車載拉雅的女兒到這家醫院來探視拉雅。新聞裡的結局是好的結局。報上新聞寫，拉雅因為家暴離家，失散三十三年，離家時，女兒讀國中，遍尋不到拉雅，以為母親死了，就設個衣冠塚，報上說：「警察協助女兒接母親回家。」這則新聞的最後還特別提到——

○○縣警察局為了讓社會大眾過個溫暖安全的農曆新年，特地加強失蹤人口協尋工作，協助家人團圓，展現「警民一家，事事心安」。警察局發言人特別強調：「民眾的事，都是警察的事，我們將以積極服務的態度，使民眾感受到警察的關懷。」

可是事實是什麼呢？拉雅的女兒家境不好，若是接拉雅回家，欠縣府的錢、欠機構的錢以及欠醫院的錢就要還。所以，拉雅的女兒只來那麼一回，之後就消失了。唉！這樣的結果，誰也不願意見到……

看著失智的拉雅，羅海萍總想到多年前拉雅說過的，阿美族十個太陽的傳說，然後感嘆地說：「日頭赤焱焱，隨人顧性命。」

羅海萍心想還好，拉雅只有十歲。六十多歲的身體，有十歲的孩童靈魂，如果這樣能快樂，就讓拉雅快樂吧！只是拉雅，有一回不小心跌倒骨折，轉入綜合科病房，那一回還是羅海萍親自推著病床到綜合科病房。沒多久，傳出拉雅住進加護病房；又再沒多久，拉雅離世了。

拉雅離世的那一天，適逢酷暑。羅海萍正受邀參加阿美族的豐年祭，這是他到這個偏鄉醫院當護理師，頭一回參加原住民的祭典，他欣賞阿美族男子如浪一般的舞蹈，時而激昂，時而溫柔，在震耳的歌聲中，羅海萍竟能聽到手機鈴響。他拿起手機滑開Line科內群組的訊息，主任黃醫師短短的幾個字——

拉雅，因感染引發敗血症，造成多重器官衰竭，於下午二時離世。

那時羅海萍只感覺到東海岸的天氣炎熱，連海風都是熱的，吹來時帶著濃濃的鹹味，白花花的太陽曬得羅海萍頭腦昏沉，把他眼前的世界照得一片油亮亮的。

02

青春舞曲

禎主動找雲的。她與雲算是舊識，在雲的印象中，禎有雙大眼，留著兩條辮子。小時候玩在一起，沒多久，雲全家搬家了。等到再相認時，雙方各有家室，雲已經是心理師，而禎也有個小女兒。雲看到禎，她那雙活靈的大眼依舊，但多了滄桑，他觀察禎的眉頭深鎖，鎖著這雙大眼。雲看到禎的雙眼，努力追想兩個人相伴的童年，他想從裡面尋找以前快樂的小女孩，可卻不見了小女孩的蹤影。

「妳……妳好嗎？」這句話一說出口，雲頓時就後悔了。他覺得這句話是個廢話，雲心頭自問：「為什麼我要說『好』嗎？為什麼我只能讓禎回答好或不好呢？」雲深深地為他的這句話感到懊悔。

「我不知道怎麼講？」禎低著頭。眉間散著淡淡的哀愁，轉過頭看著窗外。倆人默然。

「就說妳想要說的？」雲又趕忙地補充說，「妳想說任何事情都行？」安靜的焦慮讓雲的心緊張起來了，他害怕倆人的無語，這時候非得要說點話，趕走倆人之間的沉默。

說完這句話後，倆人依舊是沉默，雲用右手的食中指，輕敲桌面，等到他發現自己是無意識地重覆這個動作後，深覺這樣子的動作，並不適宜。於是雲環顧所處的環境，這是一間小小的咖啡廳，此刻，沒有什麼客人，只有禎和雲兩個人。茶几上有個花瓶，插置著娉婷的百合。窗外一片陰沉，院子有一株不知名的樹，雲再細看一眼，心想：「應該是兩株。」因為時間太久了，這兩株樹竟然合抱成長，枝上綴著枯葉，冷風一吹，便飄落地上了。雲又看天上的雲層不再是白色，而是暗沉沉的灰雲。他心想在這裡，東部偏鄉，四季是分明的，秋天過後，陽光就慢慢地變少了。

「你在想什麼？」禎突然問道，把雲從他的思緒中，拉回到咖啡廳中，雲的臉閃過一絲羞慚，隨即又回到剛剛的提問，「說妳可以說的？」雲重覆了剛剛說出的那句話。

雲是心理師，他的專業訓練讓他會將談話的主題交給個案，但他的心頭起了好多個話語，紛紛亂亂——雲自問：「你覺得她是個案嗎？其實，她這些年，過得並不好……為什麼你會一直這樣問她呢？」

禎看著窗戶，隱微地似乎可以從玻璃窗面，看到自己的影像。禎想到過去的事，她感嘆過去的記憶所發生的事，總會映照在兩面鏡子上，一面是明鏡，映出的是自己說過的話，自己做過的事；一面是暗鏡映照著許許多多未做的事，或是未說的話。禎心頭想：「到底我要說明鏡裡的話？或是暗鏡裡的話？」倆人各有各的心底話，咖啡廳靜極了，靜到似乎感受到冷風拂來。

「妳願意說嗎？」雲有些許不自在。

「打破自己的心之後，人就會有所體悟，或者是說能感受到全新的東西。」禎看著窗外淡淡地說。

「聽起來，有許多故事。」

「那時候的心會是最澄明的時候，像是鏡子映出事實的真實面，等看清了事實後，再接著用適切的方式，將那面鏡子打破。」
「將自己的心打碎……喔！不，是將鏡子打破。」雲不自主地為禎摘要這句話。
禎噗哧一笑，「我說過了，打破自己的心之後，人就會有所體悟。」
雲不好意思微笑，「啊！是呀，妳說過了。」又接著說：「妳經歷過心碎的故事。」雲柔情地看著禎。
禎點點頭，「瓜田的瓜，還沒有成熟……就被狂風暴雨摧殘了。」她轉過頭看著窗外，樹葉微微顫顫地發抖，在寒風中，一片枯葉，乘著風，淋著雨，飄飄盪盪，那片葉枯黃了，葉面有蟲蝕過的痕跡，葉心還有絲絲的綠，禎想像著那片葉子，也有過生命，只是一切都成了過去。禎看著雲的眸子，看到雲的期待，她不知道眼神下的期待，只是他的好奇？或是他職業性地使然？或著是雲他發自內心地……禎不想再去思考。於是，禎開始敘說，那是一段感情，禎走得跌跌撞撞的。
高中起，她就談了戀愛，對象是老師，結局不是她當新娘。
「到瓜田有一條相當長的小泥路徑，我記得那一天天雨，路上濕滑，老師與我並肩走去，涼風迎面吹來，細雨停竭不久，帶來青草的濕味，我們默默地走著，倆人靠得很近，老師怕我跌倒，牽著我的手。我的心中一直想著要說些什麼，腦海中閃過了許多的話題，我卻什麼也說不出來，我只聽見我們的腳步在小泥徑發出微微細響，我的心中突然緊張了，也有絲絲的喜悅，在這條小泥徑上，只有我與老師一起走。我們走到一顆樹下，太陽露出臉，映著我和老師的身影，小泥徑上面落了幾片因風雨而飄零的殘葉。老師握著我的手，加大力道，緊緊地十指交纏，我感覺到溫暖，在那一剎時，我們的面頰很近很近，我的呼吸急促。我感受到他呼出的溫熱。點點清明的天色浮現在樹的枝葉縫隙，我看見了陽光，我的唇感受到他的唇。隨即，我閉上了眼。」

「那年妳幾歲呢？」

「十八歲。」禎低下頭。

「讀高中的年紀。」雲看著禎又說：「你們開始交往了。」

「他是我的第一次感情對象。」

「怎麼結束的呢？」

「他有女友，也是老師。」

「在同一個時間裡，也與妳交往。」

「我曾經告訴他想要與他共同走這條路……他沉默了。」禎輕輕地嘆息，「現在想想，那時稚氣的想法，除了可笑，也可悲。」禎接著說：「有一天，我打電話給他的女友，說了我跟老師的事。」

雲的心頭一緊，心想那得是多大的勇氣。

「對方說：『那又怎樣？我們下週要結婚了。』」禎的臉上沒有任何的情緒。

「妳那時的感覺呢？」

「我默默掛上電話。通電話的前一天，老師還與我一起在瓜田上看著青翠的瓜，他說：『還沒熟。』他摘了一顆青青的瓜，我們進到農舍，老師切開瓜，我吃了一口，『好酸、好澀。』隨即吐掉。老師摸摸我的頭髮說：『強摘的……除了沒有結果，也不會甜。』我說：『時機到了，會有熟的一天。』老師不語，只是微笑地摸摸我的頭，隨手將青澀，已經剖開的瓜丟到瓜田，我緊緊地從後方抱住老師。」

雲看著眼眸低垂的禎，「我感受不到妳的情緒。」

「那晚我去了老師家，大門深鎖，天雨了，長出圍牆的樹，樹葉落下了一片，我拾起來。」禎從她的包包，拿了一張護背的卡片，裡面夾著一片葉，「就是這片葉子。」禎遞給雲這片葉。雲拿起卡片，透著窗子的光，仔細端詳這片葉子，已經完全黑了，連葉脈都看不大清楚，而此時窗外的風風雨雨又讓一片葉落下了。

禎繼續，「從那天起，我告訴我自己：『要從夢幻的境界走出來。』」

雲看著那片黑黑的葉子，對禎說：「禎，重複這句話：『要從夢幻的境界走出來。』」

「要從……要從夢幻的境界走出來。」當禎說這句話的時候，雲感覺到她的內心有輕微悸動，眼眶濕紅，像是夜色下的潭水，深不可測，微微有了漣漪，隨後禎又用理智強行抑止住心的波動。

禎抬起眼眸，凝視窗外的烏雲，愈積愈多，落下雨絲，雲看禎的雙眼，似乎又濕紅起來，他想要抽取桌上一盒面紙，甚至他想偎在禎的身旁拭去她的淚水。他又想到這時似乎要由禎自己決定要不要拭淚？而不是由他為禎拭淚，轉念間就將面紙挪到禎的面前。

「你的動作，很像是之前與我會談的心理師的動作。」隨即，禎轉頭凝視窗外……終究，沒有流下一滴淚。

雲的心頭一陣詫異，接著調整自己的情緒，溫柔地對禎說：「妳的痛我感受到了，但它不是我的痛，我只能盡心地去體會，但是不管如何都無法百分之百感受到妳，如果妳願意表達妳的情緒，這裡是安全的，我願意無條件地涵容。」

禎微微一笑，「我那時很衝動，做了傷害自己的事情。」禎轉過頭看著窗外，「你的話和那位心理師說的，幾乎一樣。」禎轉回頭，臉上浮現慧詰微笑逗著雲，「連身材都和你一樣。」頓時雲感到尷尬。

「後來，我停止了會談。」

「怎麼了？」

「那位心理師，他人很好，我感覺我對他有點動情了。一個月後，我在精神科的診間門口見到他，剛好他會談完了，與我打招呼，我也點頭致意。接著他與下一個個案會談，等結束後，他發現我在等他。我給他一封信箋後，微笑地離開了。」

「是妳寫的？」

「不然呢？」禎噗哧一笑。

雲一時間不知所措。

「你想知道我寫些什麼嗎？」禎主動地化解。

「你願意說，我會好好地聆聽。」

這封信，禎只記得大概的內容——

心理師：

那天，我強忍淚水地離開了。

晚上我想著你說的話。終於，我哭了。我狠狠哭了。我才明白替我受苦的內在孩子，被我壓得很深很深，她受了重傷，但她沒有感覺，被我壓抑到麻痹了。陷埋在痛苦的深淵。

原諒我的爽約，我知道你是溫暖的，但這個溫暖會讓我重陷在同樣的路子上，我得好好地思考如何跳脫出這個模式。我一直走在瓜田的泥道裡，一直在想著那一年的青澀的瓜，想著瓜田，想著陽光。我以為走出來了，其實只是那……那個模式不斷地循環重複。

最後，我想與你分享，那晚我哭到極致後的體悟——

眼淚是自己的守護神，當你流淚，淚水聚成海洋時，是眼淚提醒你要先作自己的浮木，萬不可任意抓其它的浮木，有可能是腐木，讓你沉入海底。彷彿，我看藍海中藍天上的陽光，好刺眼，白花花的，但他很溫暖。

原本雲以為禎與那位心理師會談後，禎的狀況有好轉，但……並沒有。

禎和老師的戀情結束後，她上了大學，開始交往男友，是個醫師……在第四年時，禎開始劈腿，同時間交往多人。與醫師男友交往八年後分手……接著是工程師、教授……同時間又結識了其他人。禎的戀情大致上循這個模式。

雲心頭一緊，喝了一口茶，「聽起來，感情不順的模式一次又一次地重現。」雲放下水杯，杯口冒著氤氳。

「你把我當個案嗎？」禎抬頭微笑。

「我……和妳……」雲支吾著，想理清自己的思緒，冷不防地冒出，「妳快樂嗎？結婚後……快樂嗎？」他說的語無倫次的。隨後雲整理了心情，「禎，我想聽妳的故事。」

「我是有了孩子，才結婚的。」

「孩子多大了？」

「五歲。」

禎繼續說。婚後，禎的先生對他是和善的，先生的學歷工作不及禎，當初結婚只是因為孩子，沒想太多。兩個人自有孩子後，開始分房睡。

「聽來，我覺得你們的感情淡了……有性行為嗎？」雲問了之後，又感到後悔，如果是個案，雲會問這個問題，愛人間親密行為，可以反應出感情的狀態，可是雲對禎感覺現在有些複雜，他問自己究竟在想些什麼？為什麼會想問禎婚後的親密行為呢？這代表了什麼？是內心對禎蠢動的情慾嗎？雲想起這在諮商的過程中，是反移情，是助人者對個案的渴望。但雲又轉過念頭，禎是個案嗎？如果禎不是個案，又為何他會拿「反移情」這個專業來掩飾他內心深處的渴望呢？雲不安地搓著手，等他覺察後，他深深地呼吸，調整自我。

「如果不想說，就別說了。」雲溫柔地說。

「你願意聽，我就說。」禎柔聲回應。

雲，微微地笑了。禎注視雲的微笑，她愛看雲的微笑，難得一個男子有這樣精緻的微笑，彎得恰到好處的角度，是一個充滿溫暖的笑意。

「你的笑……」

「怎麼了？」

「沒什麼。」禎喝著熱茶，「我們沒有性生活……」接著禎說了，她在生理上……也就是婚姻之外，還存在著另一個男人。

雲看著禎如貝的玉齒，聽著軟軟的語詞，一字一句自禎豐美的唇間彈來。一時間，雲覺得內心中有另一種情愫生起。他又將自己的專業拿出來了，他下意識地想壓下這個情愫。或著是說，把專業當作城牆，他可以很安全地躲入城牆的另一邊，在另一邊的個案也會因著雲建好的城牆而安全，這對雙方都好。只是對於禎的感覺，讓雲不由自主地抿閉雙唇，告訴自己，禎不是個案，她是雲內心中曾經喜歡過，但是又不能在一起的女人。

雲想起幼時的情景，禎是鄰家的孩子，雲和禎都讀同一間幼兒園。那時禎曾看到她的爸爸醉後，拿著刀追殺媽媽，是家暴目睹兒。事發那天是個秋天午後的時光，天高氣爽，可是巷子的空氣隱隱地擾動著一股不安的氛圍，警車裡是正在大呼小叫，被上銬的酒醉男子，救護車裡是眼睛紅腫，以及遍體是傷的女人。警察到雲的家，請雲的父母暫時先照顧禎。禎遭到驚嚇，神情茫然，直到雲的父母親抱著禎進到屋子，坐在溫暖的沙發，禎心頭中積累已久的烏雲才伴著狂風，化作暴雨渲洩在那張小小的臉蛋上。禎的哭聲一陣又一陣。

「我要找媽媽！」禎一個勁兒地哭著。

「禎，別哭。」雲安慰禎，「禎，咱們不哭了，好不？」

禎小小的肩，不停地聳動著。淚水像暴雨似地落地，「我要回家。我要回家。」狂風般的吼聲，在雲的家不斷地回盪。

「妳別害怕。」雲握著禎的手，禎仍然哭著。

「妳在我們家，我會保護妳的。」雲像個大哥哥一樣抱著禎，讓禎在他懷裡哭。

「禎，不哭，不哭，我送妳一朵花。」小小的雲竟然將母親插在花瓶的百合，抽出一朵送給了禎。只因為雲小小的腦子，想到百合的百，就是一百分的百，全心全力就是百，他的童語道：「不哭，不哭，我一百分地保護妳。」

雲想起這段往事，會心地笑了。

歲月像個魔法師不可逆地將人的形體一點一點地捏大了，接著又變把戲，將人一年一年地催老了，可是……停留在曾經，且刻骨銘心的記憶，哪怕歲月的戲法力道再強，那些點點滴滴的往事都不曾變過。

禎看著桌上花瓶內的百合，彼時的百合，是百合；今時的百合，也是百合。純百的，不容任何沾汙。

「百合，這花名取得好，百意味百分之百，全然的……你的心，我的心全然地貼在一起，愛得百分之百，心契百分之百。」禎幽幽嘆道。

雲詫異，倆人的心河，漂動的記憶之船上承載的往事，竟是如此相近。連思想也如此相近，雲想到幼時摘下媽媽的百合送給禎，而禎卻在此時說到百合的意象。雲很快地抽離他的情緒，專業的城牆又出現在他與禎之間，雲冷靜地用他的心理專業分析，「與伴侶的關係會反應出幼時與父母親的狀態。在這麼多的關係中，我似乎看到了一個模式，當伴侶是社經地位優勢者，禎，妳就變得順從，順從了妳心中期待的父親形象，為了抓住那個父親的形象，妳就百依百順當個聽話的小孩，找不到自己，但在妳內心中，妳渴望被愛，一旦對方收回父親的形象，或是妳感覺那個虛構的形象不夠了，就去尋找另一個短暫的愛情……」

窗外的世界細雨紛飛，絲絲寒雨，濛濛一片的景，氣溫降了。雨，一絲，一絲……寒風中，灑灑細響，園子中濕濕的石板路閃著青光。禎看著陰沉的天氣，天空被烏雲霸佔著。禎心想，這些日子以來太陽一直躲著，不願意給這個世界一些溫暖。寒冷再加上雨，不知怎麼地，禎今天對雨特別有感覺，她覺得雨似乎也是個人，窗外的雨又下得大了一點，她靜靜地觀雨、聽雨——

綿雨時，人在雨中，衣服上的水漬極微極微；

絲雨時，肉眼可以瞧見，是張憂鬱的網，人可於其中彳亍；

細雨時，密密麻麻地，人得避雨了；

滴雨時，大地已濕，可以看見雨化成滴的身形；

到了舞雨，積水已為雨搭起舞臺，豆大的雨恣意地在水中跳起舞，舞出滂沱的舞姿，而人呢！卻毫不看顧，只想躲雨，厭惡雨。

窗外的雨勢略略大了，禎想起有一回她在雨的世界中，看著雨舞，她是唯一的觀眾，千縷萬縷的銀絲，帶著微微寒意，禎不在乎冷，不在乎濕，只想讓雨知道，「我在雨中，看著雨。」她溫柔地和雨對話，「我在這兒，我在這兒陪你。」

雨打在窗子上，淅瀝有聲，倆人心底各自上演著屬於自己個兒的舞臺劇，禎聽著雲的分析，禎感覺那些心理專業的用詞，像是霸道的烏雲，不讓藍天重現。也像一道城牆，擋住了雨，她看不到雨的形，看不到雨的心。但是禎沒有抗拒雲的解釋，只是聽著……聽著，禎回顧自己過去所經歷的——她曾經在夜半獨自走在大街上像失了魂魄。她曾經獨自坐在窗臺望著遠處流著眼淚。她曾經為愛迷失，讓自己傷得澈底。她曾經一味地想挽留那顆不再屬於她的心。年輕時的禎，經歷過許多的曾經，她勇敢到，「倘若時間能重來，我依舊會做出相同的選擇，相同的事。」

曾經有人這樣形容禎，「禎，妳就是那種明知這個愛情包裝著一把鋒刃的刀，妳還是會用妳的心迎上去。哪怕刀刺進了心，說起來是傻，而這個傻卻有一份執著。」禎對那個人說：「為了愛情……我願意經歷。」想起來，禎不禁笑了起來。

「怎麼了？」

「沒事。」禎搖搖頭，「你繼續，我聽著。」

禎聆聽雲繼續分析，又想起她總是在愛情裡演著自己才看懂得內心戲，迎合觀眾不知所云的要求，禎不清楚自己到底做什麼，搞的像自己像極了小丑，把快樂畫在悲傷的臉上，也許那時的一顆心已經生病，但禎卻必須裝得若無其事，就像是《小丑》這部電影，導演陶德・菲利普斯給瓦昆菲尼克斯一本空白筆記本，讓他以書寫發洩情緒，他卻愈寫愈黑暗——「對精神疾病患者來說，最慘的是什麼？就是人們總期望你表現得像沒有患病一樣。」

那一天禎終於再也承受不住了，吞食藥物過量，急救清醒後，轉介到心理師，這一次安排的會談，禎是打自心底地抗拒。但是她還是得進行每週一次的會談。在心理諮商時，禎選擇刻意忘掉那些充滿傷害的故事，試圖讓心不再糾結，不再因那些細小些微而觸動。所以那幾次的心理諮商，她完全配合心理師，做心理師安排的測驗，說心理師想要聽的事，甚至表現出心理師想要看到的一切。

在心理師的引導下，禎又看到了自己的行為模式，每一回的戀情，公開的、地下的、快樂的、痛苦的、禁忌的，在戀情中的點點滴滴，總有一些反覆的行為出現，讓她不斷地重蹈過去，禎總愛面對悲傷時，壓抑、壓抑、壓抑，幻想著自己的心夠強大，這個虛假的強大，讓禎感覺到自己是勇敢的，自己是可以承受的，可是卻又讓自己每每變得悲壯。

心理師說了一句，「妳是不是需要這個悲壯呢？」

禎訝異在心理諮商的過程中，已經是努力遮住自己，戴起面具，竟然坐在另一邊的人還能透視她。

「妳是不是需要這個悲壯呢？」心理師又重覆這句話。

這句話擊中了禎的心，她的慌張無所頓形，立即浮現在臉上。禎選擇沉默，此後的會談，禎不想和心理師談太多。於是心理師對禎做了各式各樣的測驗，但禎心想：「冷冰冰的測驗數字，又能代表什麼呢？能代表我的感情嗎？能測出我的愛嗎？因愛得到憂鬱，卻用分數測量憂鬱，然後治療憂鬱，而我需要的愛呢？我在愛裡面受的傷呢？能治療我那『受傷的愛』嗎？」禎隱隱地感覺有一天，愛情會成為壓垮自己的最後一根稻草。果然會談沒結束，禎又自殺，獲救了。

禎從紛亂的思緒回到她與雲在一起的當下，雲仍然說得很激動，比起手勢，「妳回首生命，看到的每一個錯誤，會成為心靈的黏液，將妳緊緊地黏進牢籠，妳的心靈逃不脫，被執念黏住了，濃濃稠稠，塞住妳的喉頭，妳發不出任何的聲音……」

禎突然抓著雲的手。一時間，雲不知道是否該抽出手來，他覺得禎的手冰冰涼的，似乎比外面的氣溫低，天已經夠冷了，雲想到氣象報告的主播說：「依據中央氣象局表示，臺灣玉山、合歡山許多地方都飄著雪。」

雲突然間覺得自己說得太多了，他想起他接受精神分析學派督導時，督導說：「治療師就像是個空白的螢幕[1]，成為個案移情與投射的對象。」督導檢視他會談的逐字稿後，又說：「你的話太多了。」

「不然，一位精神分析師要說幾句話？」雲滿腦子的疑問。

「不要超過六句。」

「蛤？」雲心想：「不說話，那我可會憋得難受啊！」

禎的冰冷的手握住了雲的手，雲很想說：「用我的手溫暖妳手中的冰冷吧！」但是他沒說出口，又再一次拉起專業界線。可是心頭又浮起另一個聲音，「醒醒吧！眼前的禎不是你的個案呀！」

雲覺得禎的手不是凍的，而是打從心底發寒，她的心冷了。雲的諮商專業讓他對禎做出分析，同樣地，也是雲的專業讓他停了談話。剎時，時間結凍。他不想抽出手來，雲想起老師教的，「在諮商的過程中，發生的任何事，都有它的意義在。」

「妳感覺到什麼？」禎柔柔地對雲說。

雲內心想起了幼時，雲握著禎的手。

「直觀到你的感覺，告訴我那是什麼？」禎說。

「冰涼。」

「冰涼讓你聯想到什麼？」

「我不想……讓妳再冷下去了。」

這回反過來了，雲雙手握著禎的手，盡力地傳達溫暖，禎低垂著大大雙眼，睫毛一眨一眨地。窗外落起濛濛的寒雨，一隻寂寞的鳥凍得哀鳴著。雲內心中生起念頭，他用雙手緊握著禎冰涼的手，雲本想說：「可以感覺到我的溫暖嗎？」但他終究沒說出口，或者是處在這個時刻，言語根本就是多餘的。兩個人靜靜地握著手。

禎想起小時候，她與雲倆人，玩扮家家酒。雲當爸爸，禎當媽媽，兩人手牽手，有

---

1 早年的精神分析認為治療師應該儘量不做自我揭露，以促進移情關係的建立，讓個案內在衝突與潛意識幻想被治療者察覺。

一回禎跌倒了，哭了，雲安慰著，背著禎……

「還痛嗎？」

「嗯！」

「我陪著妳，好不好？」

「好。」

倆人走了一小段。

「禎，我唱歌兒給妳聽，好嗎？」

「好。」禎哽咽說。

「我告訴妳喲！我跌倒時，爸爸唱歌給我聽，我就不痛了。」

禎思考著，她與雲之間……她很想說：「面對我愛的，我甘心讓自己愛得卑微，所有的委屈自己吞。面對愛我的，我像個任性的孩子，不斷測試對方愛的底線到底在哪裡？」

但她沒說出口，只是盡力地想兒時的雲，想著那位讓弱小的禎恣意地任性的雲，可以躺在他懷中哭，可以在他背上哭。禎壓抑了回想。轉頭看著在寒雨中，那隻凍著，且哀鳴的鳥。

雲這時想到的是一個心理學研究，那位學者的名字，雲怎麼想也想不起來，他只是依稀記得，「有一位心理學的學者在研究情緒，研究懷舊的情緒。」雲頓了一會兒，又對禎說：「那位學者說，懷舊的情緒在天冷時容易生起，懷舊是可以暖人心窩的。」

禎聽到雲這麼說，頓時孤獨感襲進她的心靈深處，她又處在那種無法排解的寂寞感中。她不理解的是，兒時，發乎至誠陪著她、伴著她的雲，為什麼多年後見到面，總愛端出他自以為是心理師的專業？

驀在此時，店家播放了柔柔的音樂，是鋼琴演奏曲，彈一曲已經過時的老歌，雲覺得有些熟悉，在他年輕時，是他喜愛的一首歌曲，但他想不起歌名。良久，也不知是誰先鬆手了，兩人分開了。禎要離開時，問雲：「你聽了我的故事，你會不會覺得我是水性楊花的女人？」

雲說不出話來，搖搖頭，他不想讓諮商專業再主導他的感覺，他想要移除那堵城牆，雲深深呼吸，「禎，這些年，我常想到妳，聽了妳的故事，我很難過，我愛妳，那個愛是單純的愛，就像是小的時候，我們玩扮家家酒，妳演媽媽，而我演爸爸……」

室內的音樂，很柔很輕，似乎只傳繞在他們倆人，雲心頭不自主地跟哼，他終於想起這首是張信哲唱的〈愛如潮水〉，雲年輕時學吉他，這是他最愛唱的歌曲——

我的愛如潮水
愛如潮水將我向你推

雲鼓起勇氣，「這麼些年，妳一直在我心中某個小小的角落，那是專屬於妳的，我知道隱微處的妳一直都在……」雲深深地呼吸，「從小如此，至今如此，永遠如此。」

禎挪動身子，她顧不得是不是在咖啡廳，禎坐雲邊，緊緊地抱著雲，依靠著雲的肩頭，雲的手顫顫地撫摸禎的秀髮。雲，嗅到禎的味兒；禎，也嗅到雲的味兒。天氣冷，兩個人相擁，味兒就融在一起了。禎抬起頭，與雲四目相望，雲看著禎的雙眸，突然想要吻禎，他知道，那個是他內在的戀情，自小時候起，就在他心頭了；他又想到有許多的界線在雲與禎之間。

雨在窗邊敲著，雨落在園子裡面，雨有時綿密，有時稀落，那株枯樹搖搖顫顫，落下一片枯葉，沾到濕的玻璃窗，雲看著那片黃葉，禎將雲的臉柔柔地轉回，倆人四目相對，彼此都可以感受到對方的氣息。眼神若是靈魂的窗口，禎投入到雲的靈魂裡，雲也看到了禎的靈魂……禎緩緩地湊向雲，距離很近、很近、很近……

在那一瞬間雲掉入到兒時的回憶裡，那是在稻田中，天空是藍到飽滿，藍到頂點，遠方是一片藍藍的大海，綴上點點白浪，陽光帶來了金黃色的溫暖，微風輕送，暖暖地拂來，一個小男孩正背著受傷的小女孩，小男孩安慰小女孩，走在田埂，輕輕哼著——

太陽下山明朝依舊爬上來
花兒謝了明年還是一樣的開

我的青春一去無影蹤

……

稻香四溢，一對白鷺鷥飛著，很單純、很美好。小女孩臉上兀自流著淚，安心地倚著小男孩的背，小女孩在歌聲中睡著了，圓圓的臉蛋伏在小男孩的右肩，長長的睫毛兀自留著淚，小男孩輕輕地吻小女孩的頭髮，繼續唱著，雙雙飛翔的白鷺鷥落停在田梗上，聆聽童稚的優美歌聲，正悠揚地傳到藍天——

我的青春小鳥一去不回來
我的青春小鳥一去不回來

……

03

情人袋

一

晨會時，黃醫師在精神科病房會議室的白板上寫Post Traumatic Stress Disorder，又回到她的位子坐下，轉頭看白板，起身補充寫到「創傷後壓力症候群」。隨即說道：「Post Traumatic Stress Disorder，簡稱PTSD，是遭逢重大創傷的事件後，出現的嚴重壓力疾患。症狀主要可分為三類：『過度警覺』、『逃避麻木』及再度『體驗創傷』。」

黃醫師是臺北人，來到偏鄉服務了五年，一頭短髮，圓臉，她總是愛微笑，愛微笑的嘴角彎得恰到好處，給人溫暖的感覺。精神科醫師就是要給人家溫暖的感覺，精神科醫師除了生理的檢查外，更是要靠著與病友的溝通，建立良好的醫病關係，病人才願意打開心房，今天黃醫師穿著水藍色的襯衫，藍色的牛仔褲，外披醫師袍服，搭配她溫暖的微笑，恰似藍天裡的太陽，散發著溫暖。下個月一日，她就要調回到北部的教學醫院，同時她也考取了研究所，要在精神醫學領域繼續學習。

「PTSD會讓人稍有一點風吹草動，就會陷入創傷經驗。」黃醫師補充。「注意喔！這裡的風吹草動，並不是指得是那種狂風、暴風，而是微微的風吹動草，有此症的人，就會陷入到恐慌之中……」

驀地，一位護理師進到會議室，逕上講臺，與黃醫師交頭接耳，中斷了講課，隨後黃醫師說：「等一下護理師直接交班，PTSD沒有講完的部分，明天再說明。」

原來是護理師向黃醫師報告接到急診照會，黃醫師的個案以青又自殺了。她急急忙忙趕到急診室，走到以青的床邊，看著躺在急診病床的以青，黃醫師感覺以青已經沉沉睡去。急診護理師說：「以青剛剛睡著。」黃醫師仔細端詳，以青睡得很沉、很甜。黃醫師撫摸以青的額頭。急診室是一個白色的世界，以青躺在白色的床單、白色的枕頭，黃醫師不由得心生憐憫。

以青是那場火車撞山事件的受難者。黃醫師記得以青進到安心門診時，說：「他們都說，我是受難者。其實，我最想當的是罹難者，這樣我就可以和秀綾在一起了。」

黃醫師印象最深刻的是，以青提到經常做夢的夢境「白色的世界」。以青說——

秀綾獨自一個人，她的情人袋已經破碎了，被丟置在一旁。秀綾知道我正在外頭看著她，看著她的一舉一動。

秀綾高舉雙手狂吼著，「你看啊！看到了嗎？」接著她高喊：「為什麼？為什麼我會變成這樣？」我仔細一看，秀綾沒有手，秀綾舉的是兩隻自手腕斷了的殘肢。

「秀綾，不要這樣。」我大聲尖叫。

「你進來，你進來。」秀綾哭求的聲音一陣又一陣，她的吼聲已不像是人類的聲音，而是像極了一隻受創的動物，發出的驚恐地吼叫。我一直衝撞著那個白色的世界，可是它就像是有一層透明的罩子，阻隔我進入，我只能哭叫：「我進不去，我進不去。」

在那個白色的夢裡，秀綾的斷腕上纏繞著無數條紅線，她哭喊：「我的手上還有你為我綁在情人袋上的紅線。」秀綾瘋狂吼著，「為什麼我的手不見了？」那股失望的，痛苦的、悲切的狂吼……一直飄盪著……

在急診室的黃醫師記得以青那時說：「只要我靜下來，隱隱約約地都還聽得見，一聲哀似一聲地在耳畔響起。我分不清我是處在夢境？還是在現實的世界？」她幽幽一嘆，回到當下，注意到以青白枕旁的情人袋。

「這個是以青的嗎？」黃醫師問。

「是的，他被送到急診時，身上披著情人袋，我們要收起來，他很不配合，後來就放在他的枕邊……」護理師看著已經昏沉入睡的以青，想要收掉情人袋。

「沒關係，就放在他的枕邊吧！」黃醫師制止了護理師，輕輕地撫摸這個情人袋。黃醫師知道情人袋對以青而言是有特別意涵的。

黃醫師透著窗看著外面的天空，萬里無雲，一片藍，這個偏鄉一過四月，天空就開始發藍，藍藍的天，連帶著海也益發地藍了起來，那個藍不是憂鬱的藍，而是溫暖的藍，明亮的藍，和煦的藍，尤其她愛在陽光下享受著微風，愛聞微風中傳來的檳榔的味道。黃醫師喜歡這種性格的藍，帶點悠閒，帶點和善。不幸地是以青的藍是停在四月以前的藍，只因為去年的四月初，那列火車快速地出軌，撞到山洞旁的壁岩，衝進了山洞。

談到那個悲慘的情節時，以青說：「為什麼是撞進山洞？而不是出軌翻落在一片藍藍的太平洋。」以青告訴黃醫師，他還依稀記得那一天，天是灰的，下著濛濛細雨，似乎為這場人生中的無常低泣。「如果翻落在太平洋裡，我與秀綾也同在另一個世界裡了。」以青感嘆。

黃醫師自覺思緒紛亂了，她深深地呼吸，看著以青的情人袋。黃醫師知道情人袋是阿美族青年男女的定情物，族語稱為alofo，阿美族適婚的女子遇到心儀的男子，會私下將定情的檳榔，找機會放進男子的alofo裡面，表示這位女子喜歡他，男子若是喜歡上了送檳榔的女子，則會開心嚼起這一枚定情的檳榔。

黃醫師又細看，以青的情人袋，它的肩袋上纏繫著一條紅線。原本已經靜定的思緒，又飄走了，黃醫師憶起與以青會談的情形——

「這條紅線是我和秀綾在媽祖廟向月老求來的。」以青在會談室低著頭。對黃醫師訴說白色的夢境，以青的那顆心，仍然掖著說不出口的悲傷。

「再多說一點，你對紅線的感覺吧！」黃醫師溫柔地語氣，想多再瞭解一些以青與秀綾的事兒。

以青緩緩地抬起頭，閃著一雙大眼，原本那雙大眼是會映出屬於阿美族年輕男子才有的神采，但是此時的這一雙眼，卻滿上悲切，填滿痛苦。

慢慢地黃醫師瞭解了以青與秀綾之間——

他們倆成長在臺東海岸邊的一個小小的阿美族部落，自幼是青梅竹馬，倆人經常徜徉在海邊，阿美族是海洋性格的民族，部落前方是看不滿眼的藍海，淼淼茫茫，踩在浪花碎沫上，淹沒了倆人的足跡，卻掩不了暗生的情愫。一同到市區唸書後，他們恩恩愛愛，有一回一起逛街，倆人買了同樣款式的情人袋。同時，也披掛著，宣誓著此心互屬彼此。

秀綾愛唱江蕙的〈紅線〉，她曾以這首歌參加校園金曲大賽獲獎。漢人同學介紹以青、秀綾可以到媽祖廟，拜月老，求紅線。於是在某個晚上，他們一同到了天后宮，望著慈眉善目，帶著微笑的媽祖，以青誠心地盼望能與秀綾廝守終生。他們倆在膜拜月老時，聽見一位中年女子禱唸，「月老呀！伊嚨講，姻緣天註定，不是媒人腳先行。若是我和伊有緣，就請祢給咱有個正果，好嘸？」相傳說，月下老人總是用紅線牽起姻緣，那位中年女子求了一只紅線後，她看到以青與秀綾。

「恁倆人是逗陣作伙欸唷！」那位中年女子熱心說：「要向月老求紅線，才會變牽手。」

秀綾一時間害羞起來了，到是以青大方地說：「她是我的女朋友，我是她的男朋友。」

那位中年女子接著告訴以青與秀綾如何求得紅線，他倆人也誠心地求了一只紅線。小倆口坐在媽祖廟的廣場，用那條紅線繫著彼此的情人袋，離去時以青將紅線改繫在彼此的小指，小倆口手牽手散步回宿舍。

秀綾邊走邊輕唱——

……

等你來
甲阮牽手
甲阮疼

以青的眼神迷濛，像是失了焦距，須臾回神後，看清了會談室那面溫暖的鵝黃白的牆，掛著《先知》的金句——

悲傷在你心中切割得越深，你便能容納更多的快樂。
當你快樂時，深察你的內心吧。
你將發現，只有那曾使你悲傷的，正給你快樂。

當你悲傷時，再深察你的內心吧。
你將明白，事實上你正為曾使你快樂的事物哭泣。

——紀伯倫

以青的一顆心，原本藉著歌聲又沉浸在回憶的快樂裡。可是不到一秒的時間，快樂倏而消失，回想起這段快樂的往事，竟然成了一把刀，這把刀正狠狠地劈向以青的心。他終於看清了紀伯倫的文字，喃喃：「悲傷在你心中切割得越深，你便能容納更多的快樂。」以青不認識紀伯倫是誰，也不想管他是誰？只覺得這句話是極大的諷刺，他內心浮起的疑問是「命運之神難道切得不夠狠，割得不夠深嗎？」以青低下頭開始啜泣。

「秀綾死了，而我卻獨活著，為什麼？為什麼？」以青一股勁兒地自責，「這到底是為什麼？」他別過頭去，透過窗望著街道的另一端，年輕的男女正手牽著手要穿越馬路，天氣炎熱，男生撐著遮陽傘，但陽傘似乎有點小，男生儘量地蔽蔭女生，自己卻曝曬在烈日下，流了一身汗。女生見狀，從她的包包掏出一方手絹，為男生擦汗。綠燈轉亮，那對情侶，說說笑笑地走過。

以青見到這一幕後，努力地控制表情，只是埋在心底悲傷被挖開了，越想若無其事地保持鎮定，那顆心愈是發疼，過去他會切斷自己所有的感官，開始時是喝下一瓶酒，接著是兩瓶酒、三瓶酒……悲傷愈多，就喝愈多，喝得愈多，酒量也就愈來愈多，但是悲傷卻絲毫不減，反而日益增加，加到他再也無法依賴酒精，於是他用了極端的方式，用極端的痛來蓋住心中的痛。

這一回在黃醫師的直視，喔不！應當是黃醫師牽著他的手直視他的傷痛，終於——

「秀綾，我對不起妳。」以青啜泣起來了。

「茶几上有面紙，你可以哭一會兒，自己決定要不要擦去淚水。」黃醫師淡定地說。

黃醫師當然知道，以青此刻正在經歷什麼？她知道是什麼東西正在淹沒以青，吞噬以青。精神醫學的專業訓練告訴她，PTSD的悲痛是會蟄伏的，然後出其不意地攻擊。就像湧動在深層的藍色大海下，表面上看起來風平浪靜，一個不注意便會掀起浪頭，狠狠地劈下去。

掩面啜泣的以青，哽咽地說：「那個夢，那個白色世界的秀綾，兩隻殘肢的手臂上有無數條的紅線，登時化成鮮血，順流到肘間，滲進她潔白的衣服，再流向地上的情人袋。」

以青放下雙手，「醫師，妳知道嗎？夢裡我在外面瘋狂地衝撞，我要進去秀綾的白色世界，我要和她一起……」

以青淚流滿面。

二

那一年以青常常與秀綾背著書包，手牽著手沿著卑南溪畔的小徑往前走去，防風林裡雜枝亂葉向他倆的身影投以深深的濃蔭，倆人甜蜜地漫步，看著粼粼溪面騷動的閃光，紅通通的夕陽在都蘭山染紅片片白雲，給他倆相擁的深情抹上淡淡的霞光，映照著紅紅的餘暉夕照。從那時起他倆就愛上夕陽，愛在夕陽下沿著卑南溪散步，愛在夕陽下看著都蘭山的晚霞。

以青回憶，臺十一路線的公車，全部換成新型巴士之時。有一回秀綾說：「放學後，在公車上，右邊是藍海，左邊是青山，等過了富崗、小野柳、伽路蘭……往青山看去，會看到燦爛的夕陽落在都蘭山，餘暉會映照在奔馳車廂裡。」

那天是傍晚時分，他們倆在公車內看著火紅的太陽正要沿著海岸山脈逐漸地下沉，天空飄浮的白雲燒得色彩絢麗，化為一片烈焰，以青緊緊握著秀綾的手。

倆人相視，彼此的眼神透著話語，倆人同時——

「你有話要對我說嗎？」

「妳有話要對我說嗎？」

以青與秀綾不禁莞爾，倆人執意要對方先說出自己的心底話。拗不過秀綾的以青，在秀綾的耳畔低語：

「maolah kako i tisowanan.」[1]

秀綾的臉上浮起嬌紅。

「我說了，妳剛剛想要說什麼？」以青輕搖著秀綾的手。

「同你一樣。」秀綾嬌羞地低下頭。

以青調皮地要求秀綾也要親口說出來。秀綾搖搖頭。以青溫柔地看著秀綾，體貼地將耳朵湊近秀綾的唇，低語：「妳小聲說，我閉眼聽。」以青帶著笑意雙眼緊閉。

「maolah kako i tisowanan.」秀綾羞怯地說了這句話。

「我沒聽到。」以青搖頭，仍然緊閉著雙眼。

秀綾又貼近以青的耳畔，輕言輕語，「maolah kako i tisowanan.」

以青冷不防地睜開眼在秀綾的臉頰吻一口，剛好公車也跳動了一下，以青調皮地說：「公車推我……」秀綾嬌嗔地輕推以青。

此後，以青與秀綾愛在夕陽下，同搭公車回到海濱邊小小的阿美族部落。這個畫面深刻在以青的心版。只要以青搭公車時，總會想起秀綾曾說過的這句話，「maolah kako i tisowanan.」心頭上流過一股溫暖。

去年秀綾生日時，兩人披著同樣款式的情人袋搭上火車，以青對著秀綾微笑，將紅

---

1 阿美族語，「我愛你」。

線的兩端繫在彼此的情人袋上。

「你笑什麼？」秀綾問。

「幸福的微笑。」以青回說。

秀綾心頭暖暖地低哼——

……

等你來

甲阮牽手

甲阮疼

以青將情人袋的肩帶上頭的紅線拆下來。

「你要做什麼？」秀綾好奇地問。

以青沒有言語，只將紅線繫在彼此的手腕上，秀綾給以青甜甜的微笑，她看著窗外的景，左邊是深深的海，右邊是青青的山，以青臉上漾開了幸福的微笑，握著秀綾的手幸福地睡去。

過一會兒，秀綾輕喚：「以青、以青……」她解開紅線，想抽出她的手，而以青卻緊握著。

「不要，不要離開我。maolah kako i tisowanan.」以青閉眼說。

秀綾笑了，「好啦！我要上洗手間。」她輕輕地自以青溫暖的大手抽出玉手。以青揚起嘴角側頭，帶著甜蜜繼續入睡。

只是在火車上的這一覺，以青睡得不安穩，也不知睡了多久，只感覺到四周都是嘈雜四聲音，隱約聽見——

「急診室到了。」

「快點……」

「量血壓！」

「測不到心跳，快！CPR，拿AED！」接著就是一聲急似一聲的心臟按摩。

微微睜開雙眼的以青，看到白色的世界，還有一堆穿著白袍的人，這個白色的世界，讓他覺得好奇怪，心想：「他們在忙什麼？」他瞇著眼，又想：「我在作夢嗎？」再用力眨一眨眼，想看清楚，卻對不了焦，一切都是模糊的。以青想看看手上的紅線，但卻無力舉手，他聞到沾染臉上濕涼的血腥味。以青聽到了一句，來自那群穿著白袍的人大叫著——

「病人有反應了。」急診的護理師語氣緊張地問以青：「告訴我你叫什麼名字？」

「以……」以青虛弱地說不出一句話。

「先生！先生！」那人輕拍以青的面頰。

以青似乎沒有感覺，看見白色的世界，突然間那片白牆畫過一道又一道的紅色閃光，似血一般，以青昏昏沉沉地睡了。

那一天之後，只剩下以青一個人搭公車，他找不到秀綾的情人袋，更找不到那條紅線了，只剩下自己孤單的情人袋。

三

今年秀綾的生日，以青一個人搭上公車，隨著公車上的廣播——

「下一站是小野柳站……」

「下一站是伽路蘭站……」

車廂稀稀落落的乘客都下車了，原本這個偏鄉，就沒多少人口，搭車的遊客也不多，以青回神定睛空蕩蕩的車廂，就只剩下他了。他的座位正是以前與秀綾常坐的位置，以青轉頭望看都蘭山，看著秀綾說的夕陽餘暉，想起秀綾的低語，「maolah kako i tisowanan.」淚水不經意地輕輕滴落。他怕別人看見，趕忙拭去。拭去後，以青覺得好笑，全車的乘客只剩下他一個人，還怕流淚。

以青與秀綾是無話不說的，他想與秀綾分享——

我在空空蕩蕩的公車上哭著想念妳，想起妳說：「maolah kako i tisowanan.」我怕被別人看見，趕緊擦淚，轉念後，我自問：「為什麼我要擦淚呢？這臺車只剩我一個人呀！」

閃過不到一秒的念頭，像針扎進以青的心。

「愛上無法擁有的人才是人生最大的不幸。」以青突然自言自語說出這句話，他想不起來這句話是那兒看到的。他曾把這句話與秀綾分享。他還記得，那天是黃昏的時候，殘陽斜照在他倆身上。

秀綾聽到這句話後，一臉沉思，看著卑南溪，溪水緩緩，眼神透著寧靜。

「妳在想什麼？」

「想你說的那句話。」秀綾有感而發，「我問你……」

「妳說。」以青握住秀綾的手。

「是生離痛苦？還是死別痛苦？」秀綾慎重地問。

「生離吧！活生生地分手，見不到心愛的人，那是很痛苦的一件事。」以青看著夕陽，「只要活著就能見到明日的太陽，能見到明天的太陽就表示仍有相見的時候。」

「看來生離，還有點希望，不是那麼痛苦。那——死別呢？」

「死別嘛！人都走了，難過一陣子，應該就好了。」

「蛤！」秀綾嘟起嘴，「生離死別你都無感，這是什麼心態？」隨後正色說：「如果是我先走……」

以青緊緊握住秀綾的手，「別亂說，我會保護妳的。」輕吻了秀綾的臉頰。

以青心想那到底是真實發生回憶？還是記憶中作過的夢？夕陽告別了白日，天空完全黑了，車內的夜燈昏昏暗暗的。在這空空的車箱內，以青看著車窗，車窗外是一片黑暗，車窗映出以青的鏡像，他對著自己的鏡像說：「是生離痛苦？還是死別痛苦？」那壓抑良久的悲痛又襲進他的心，以青完全融進了車窗外無邊無際的黑暗。驀地，車窗的鏡像映出一彎微笑的秀綾，「如果是我先走……」

恍神的以青心頭一驚，他聽到秀綾的聲音，車窗鏡像裡的秀綾正對以青微笑。他趕忙轉過頭，旁邊的位子仍是空空的，他又再轉看車窗，外面是一片黑暗，那來的秀綾？只有車子的引擎聲。

以青靜靜地流下淚。那根扎心針，已經被完全地扎入心，從外表看不出心裡頭，竟然包著一根針。痛久了，就麻木了。但是這一回，以青卻是止不住自己的淚水，一次又一次地低語：「秀綾，我好想妳。」他不再拭去淚水，以青決定要完全脫離秀綾不在的世界。自語地說：「秀綾，別怕，妳只是先走一步，我隨後會跟著妳走。」

以青原本以為這是他最後一次搭上公車。他的感覺過了好久好久，不知道什麼時候睜開眼睛的，以青的嗅覺還留著夢中永遠抹不去的濕涼的血腥味。

以青傷害自己好幾回，都沒送醫，或者是那幾回的自我傷害只是想讓肉體疼痛的感覺壓過心理的痛苦。獨獨搭車那一回，回到部落後，以青將所有的藥，放入碗，滿滿地像個小山，紅的、黃的、白的……五顏六色的藥山，屋子內緩緩地燒著炭火，暗昏的火光徐徐地亮著，瀰漫著滿屋的炭味。以青每啜一口酒，就吃上幾顆，慢慢地他的感覺鈍了，眼前變得朦朧。以青趁著自己還有意識的時候，想找出那把美工刀，可是他怎麼找也找不著，他在氣力快用盡時，拿起酒瓶狠狠地砸下，酒瓶碎了，以青拿起一片碎玻璃，不斷在左手腕來回切割著，他以為腕部會痛，竟然沒有太多的感覺，只是流了滿地的鮮紅色。

「一切都結束了。」以青自語，「秀綾我要與妳同在了。」臉上微微笑著。

終於他處在白色的世界。恍惚間，以青睜開了眼。身體的感覺逐漸回來，他的左手纏著白色的紗帶。他想，已經與另一個世界的秀綾連結了嗎？是不是可以和秀綾共同做一個白色的夢了呢？他覺得此刻喉嚨乾涸，彷若是龜裂的大地。

「醒了。」護理師大叫著。

「我好渴。」以青抿了抿乾裂的唇。

「你現在還不能喝水。」急診醫師說。

護理師拿了一只棉花，沾上礦泉水，滋潤以青的唇舌。

「人死不能復生。以青，你還年輕，要好好活著。」醫師機械性地勸以青。

這樣子的話以青已經聽到沒有感覺了，他只是一個空殼，一個叫做以青的空殼人形躺在醫師的面前。思緒拉著以青，回到那列火車，他在出事獲救後，沉浸在恐懼、焦慮，尤其想到秀綾，抑不住的悲痛，就湧上心頭。

他憶起那時他坐在輪椅上，由家人推著見秀綾最後一面，秀綾的面貌是安詳的，淚在以青的眼眶打轉，他撫摸著那雙一起綁著紅線的雙手……秀綾的手完全的不同了。

殯儀館內陪伴的志工解釋，火車撞擊卡車的力道太猛，接著衝入山洞，……瞬間沒了生命跡象，以青靜靜聽著。

「秀綾……會痛嗎？」以青說。

陪伴的志工說：「醫師說明，火車衝撞的力道太大，一切都太快，秀綾沒有太多痛苦的感覺。只不過……」以青沉思：「秀綾，沒有感覺，那為何我會如此悲痛呢！」陪伴志工繼續說：「她的雙手，一直找不到……我們用義手……」

以青明白了，秀綾的手不再是那雙繫上紅線的手了。他自責彼時的貪睡，「如果不睡，也許我們就會一起走了！」再也忍不住的痛又刺進以青的心。以青不知哭了多少回了，哭得雙眼紅絲絲的，家人安慰，勸以青別再這樣哭了，身體會承受不住的，但是以青的心早就承受不住了，他不在乎他的身體，肩膀一聳一聳地，淚水似拋沙般地，以青就在秀綾的大體邊狠狠地痛哭。

這是他永遠走不出的痛，以青只要一入睡，夢就會太鮮明了，所有的懊悔襲進他脆弱的心，他好想救出秀綾，他好想看著秀綾披上倆人一式的情人袋，好想再將紅線的兩端繫在彼此的情人袋，好想再牽上秀綾的手。他想：「為什麼我一直沒有辦法進到秀綾的白色世界？也許秀綾在另一個世界等著我。」

以青心想，「對！秀綾就是在等我，我們要共築一個幸福的夢吧！」以青浮起一抹微笑。

四

一切都是模模糊糊的，模模糊糊的聲音，模模糊糊的世界，一群穿著白色袍服的人來了。只是一片模模糊糊的晃動，白色的……他們圍在以青床邊，討論以青的病情。

以青在白床單上側彎著頭，隱約聽見——

「這個CASE是昨晚警察送來的。」

「吞藥、割腕，加上燒炭。」

「遇到自殺個案該如何處理？」帶著口罩的醫師，看著這群護理系的實習生。眼鏡後的眼神是冷冷的漠然。這群生澀的護理系同學，腦海中閃過許多的答案，但懾於醫師的權威竟不敢回答。還有其他急診病人要處理的醫師，自以為幽默地逕自說出：「要做自殺通報。」也對護理師下了醫令。

「好，等一下就會上網通報。」護理師回答。

急診醫師端看以青的左手腕，白色的紗布微微滲染鮮紅的血。

以青泛著淚光的雙眼，幻視到紅線繫上他的左手腕，那紅線正是他和秀綾在媽祖廟，對月老求得的紅線。以青對著紗布上的紅線笑了，他從醫師手中抽回左手，要拿那條紅線。

「以青……你要做什麼？」

「不可以喔！不可以拆掉。」

以青沉浸在自己的世界，如風的話吹過耳畔。急診醫師下醫令約束，門口的警衛進來將以青的四肢固定在床，早已氣力用盡的以青，沒有太多掙扎，很快地完成約束，醫師特別下令要用約束帶扣住以青的胸口。以青還是在微笑，他一直看著急診醫師的後方，他的眼神似乎定住了，急診醫師在他的眼前拍拍手，呼喚：「以青、以青……」以青還是在笑。醫師要求護理師打上針劑，並照會精神科醫師，「請精神科黃醫師來看一下，看要不要收治進精神科6C急性病房？」

護理師溫柔地說：「以青，我現在為你打針喔。」打完後，她為以青揉了幾下就離開了。

以青看見秀綾披著情人袋出現在這個白白的世界裡，走近以青，從情人袋裡拿出那條紅線。以青說：「妳來了，妳終於來了。」秀綾點點頭，揚起手中的紅線。以青很開心，秀綾的雙手都在，秀綾走近病床邊，撫摸以青的臉，倆人相視微笑，就像那天在公車上彼此的幸福微笑一模一樣。秀綾將紅線的兩端繫在彼此的手腕。

「maolah kako i tisowanan.」以青柔情輕語說。

「怎麼了？以青。」護理師感到疑惑問。

以青專注地看著秀綾，他想起身將耳朵湊近秀綾，但約束帶緊緊綁住以青，藥效漸漸發作，以青微微地將頭抬起低語：「不然妳小聲說。」

護理師看到以青怪異的動作，柔聲安慰地說：「以青，好好睡一下吧！」

以青笑了，在一旁的秀綾也笑了，倆人同時甜甜地笑說：「maolah kako i tisowanan.終於，我們可以在一起了。」

以青神情恍惚低哼：

……

等你來

甲阮牽手

甲阮疼

他的眼皮像是舞臺上謝幕的幕簾慢慢地垂下。

五

在急診室會診的黃醫師，打電話到精神科病房。

「專科護理師在嗎？我是黃醫師。」莫約過了五秒。「小玲，準備收治病人。自殺個案。嗯……是以青，之前住過了，先入住觀察室。好……Bye。」

去年以青搭的這列火車出事，住在臺北的黃醫師接到許多關切的訊息——

「妳人還好吧？人在那兒？沒搭上那列火車吧！」

「我哪兒都沒去，在醫院留守值班。」

「老天保佑。」

「怎麼了？」

「火車出軌。」

原本黃醫師以為只是一般的出軌事件，可是隨著媒體的報導，才知道事態的嚴重。精神科的心理師傳訊息——「黃醫師，這班列車的終點是臺東，有許多臺東的鄉親都在這班列車上。」

於是黃醫師在精神科開設了安心門診，三個月後以青求診，頭一回會談時，以青多時是沉默的，後來以青說：「我夢到的秀綾都是痛苦的、害怕的，完全不是我認識的秀綾。」以青低頭，無意識地撫摸著左手袖口手腕上一條又一條的傷。黃醫師想起她在給精神科同仁講述PTSD，「創傷後壓力症候群的個案，有些會逐漸變化，或者是有共病，像廣泛性焦慮症、恐慌症、憂鬱症、物質相關疾患，以及身體化疾患。到底會不會合併其他問題，這和個案本身的心理脆弱程度，與事件後個案所獲得的創傷程度有關。」面對眼前沉睡的以青，黃醫師突然覺得這些身心狀態的分類，只是醫學上的專業名詞，回到人性上，以青只是一個受苦的靈魂。想到這兒，黃醫師的悲憫不禁由心生起。

以青的嘴角揚起幸福的微笑。驀地，救護車又送來一位病人，救護人員緊急地推著病人進到急診室，妹妹哭著說：「醫師，救救我的姐姐，一年前火車翻覆，我的姐夫罹難後，她一直思念姐夫，走不出來……」

「妳的姐姐做了什麼事？」急診醫師急忙地高聲問。

「休克！」護理師大喊。

急診醫師不等妹妹回答，就衝進醫療室逕行急救了。

「小姐，我們要急救，請妳先到外面，這裡是治療區，妳不能在這裡待著。」護理師趕忙拉上簾子。

黃醫師默默地離開急診室，只聽見心臟按摩聲一聲急似一聲。急診室的門口，那扇門一開一闔，老是關不起來。警衛打電話通知總務室工務組，「我這裡是急診室，門又壞了，開開關關的，快派技工來看一下。」

窗外是藍到不能再藍的藍天，黃醫師想到下個月的一日，她就要到北部的精神科教學醫院任職，她知道她一離職，精神科又會缺醫師了，而她也知道一走，就會像是骨牌效應一樣，專科護理師小玲也會走；還有一直想回高雄的臨床心理師小琦也會離職。黃醫師不禁嘆一口氣，「唉！」

她還是想要繼續深造，這畢竟是黃醫師的心願。當初來到這兒任職，許多病患、家屬與她建立了溫暖的醫病關係，彼時她給自己兩年的服務時間，因為這兒的人情，讓她又多待了三年，心想：「五年了，真的得走了。」想到這兒，黃醫師的心頭上昇起了她說不出的莫名感覺。此時，一股豔夏的躁熱，夾著熱氣透過那扇門迎面拂來，黃醫師聞到特有的海洋味道，而這個味道是屬於這個偏鄉才會有的。黃醫師走出急診大門，感受這股熱力，她再多看一眼天空藍，深深地呼吸後，急診的門仍是開開關關的，黃醫師回頭一望，那位孤單的妹妹正在急診室外無助地哭泣。

04

不變

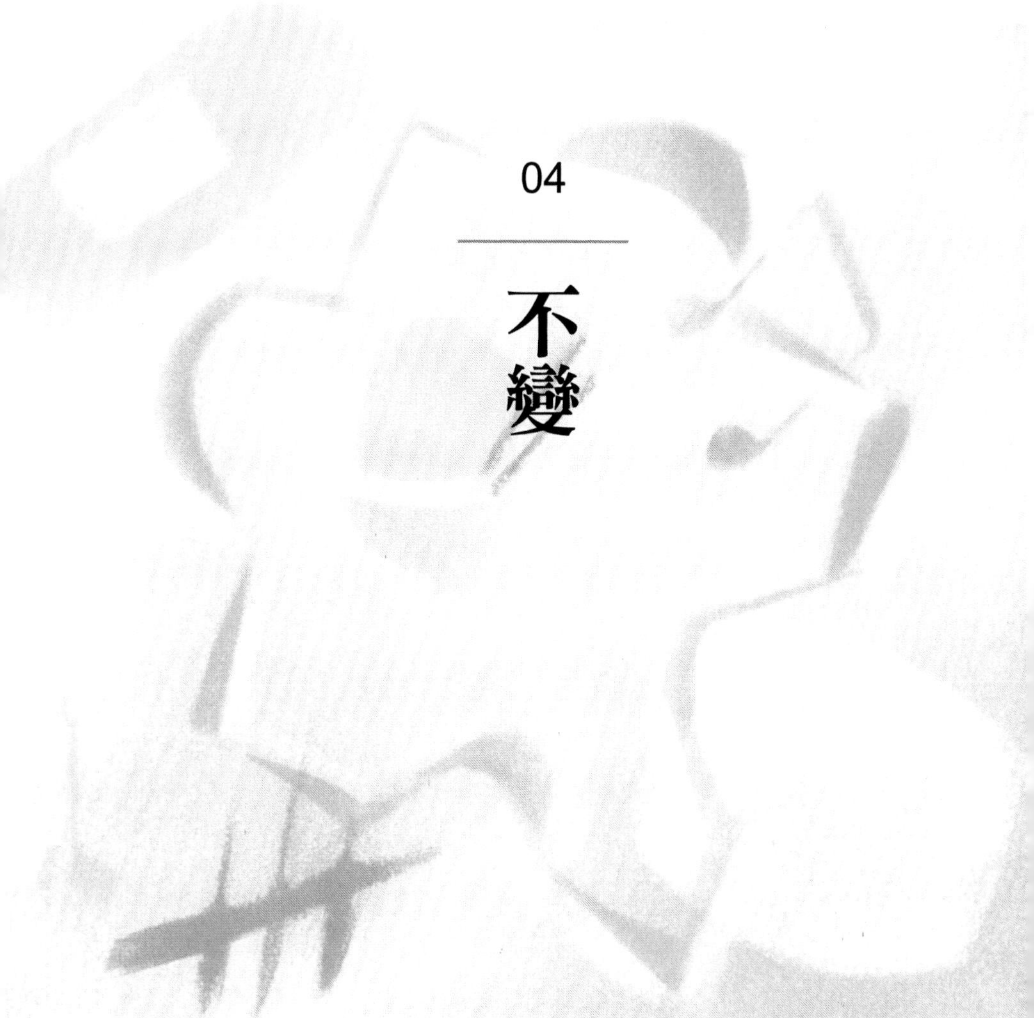

「母校變了，校名變了。」劉繼亮在復興崗的觀禮臺，聽見校友們的談話。此時，在司令臺前的學生實習旅長撇刀向院長敬禮完畢，精神抖擻地向後轉對學生部隊喊：「分——列——式，開始。」

劉繼亮回想二十五年前，他從陸軍官校入伍結訓，到政戰學校報到，那時學生人數多，下課後有的學生會到操場跑步、打籃球、踢足球，偶爾還會遇到遠朋班的外籍軍官，林林總總勾起許多回憶。時間過得好快，在復興崗上的生活，就像是昨天一樣。

院長是留美歸國的博士將軍，致謝詞說完後，院長發表談話：「各位同學。今天是院慶，我想與各位談談『軍人的榮譽』，分享我在美國留學時，到西點軍校參訪的感想，西點軍校創立於一八〇二年七月四日，是與哈佛、耶魯齊名的美國名校。它的正式名稱是『美國陸軍軍官學校』，該校位於紐約市西北七十多公里的西點鎮，簡稱為西點軍校。久而久之，『西點』成了家喻戶曉的名稱。在這兩百多年之中，西點除了為美國培育出四千餘位的將軍外，還培育出兩名總統和許多軍事家、政治家……」聽著聽著，劉繼亮回想起二十五年前，到陸軍官校接受入伍訓的時光。

入伍

劉繼亮自幼在高雄鳳山成長，他住在黃埔新村，與陸軍官校只有一路之隔，原本他以為自己熟悉南部的豔陽，直到進入到陸官時，才知道鳳山的太陽這麼厲害。劉繼亮有一位天兵同學——李舉明，現在已經是國軍的重要幹部。李舉明在那時可鬧過不少的笑話。

軍人的外在講的是標齊對正，營舍要標齊對正，樹的位置要標齊對正，連草皮的草也不能超過馬路邊線，若是草長出來了，就要派公差拔草。行進是訓練，要整齊畫一，簡單來說走路也要標齊對正。

「走路」對一個人而言是簡單的動作，但百來個人要一齊走路可不簡單。那天晴陽高照，班長在基本教練「齊步走」示範後，問滿面汗水的入伍生：「不會走路的舉手答有！」班長突然說出這樣的話，弄得大家內心驚惶。班長接說：「怎麼了？不敢說話。」

「入伍生們聽見班長問話要怎樣？」班長提高嗓門。

「答話。」入伍生們齊答。

「好，我再問一次『不會走路的舉手答有！』」

這群入伍生們依舊沉默不語。

「算了，你們不說，我就點名，派由代表說。」班長點名，「李舉明！」

「有！」

「會不會走路？」

「報告班長，會！」

李舉明的回答給了班長鼓勵，班長高聲說：「舉明會，我相信入伍生連的其他同學也會。各位，你們說是不是？」

「是。」這群入伍生忐忑地回答。

「班長聽不到？」班長高喊。

「是。」每個人齊一地自口中吼出，但內心是不安的，都在想，「不知道班長會使出什麼怪招？」

這群入伍生來自全國各地，報到的第二天，每個人理了光頭，劉繼亮也在光頭堆裡。連長對這群入伍生訓話說：「理了光頭，就代表新生，從這個時候起，只有團體，沒有個人，我們是一個團體，一致的軍服，一致的動作，一就是團結，一的極致就是美，軍中的生活不是『標齊』，就是『對正』。所以走路要一致、跑步要一致……」

說得簡單，要做到一，可不簡單。齊步，走起來真不容易！為了要齊一，大家不敢向前邁開步子，每個人就像是機器人，甚至有人同手同腳，走到跌倒。

值星排長看了直搖頭，以後劉繼亮他們就不曾「走」到上課地點，只因班長說：「只要有人不會走路，入伍生連就沒有資格用走的，一律跑步。」這群入伍生整整跑了一個月，在平地跑步還好，全副武裝在高地跑步就刺激了。

陸軍官校的野外場，最著名的是七么四高地與先鋒路，沿先鋒路，就能到高地，七么四高地是標高七十一點四公尺，頗俱陡度，速攻上山頭，是磨練體能最佳的方式，也才有前期學長們留下「攻不完的七么四，衝不完的先鋒路」這句話。

每回上野外課，到先鋒路口，班長總愛吼道：「聽口令，跑步，走！」入伍生縱使心不甘，情不願，也得提起五七式步槍，喘著大氣跑上山，到了還有五十公尺時，班長下達：「現在發起衝鋒，每個人帶殺聲向前衝，我抓最後五個。」「殺！」每個同學竭力嘶吼，劉繼亮那時有個念頭，最好是熱昏頭、中暑，才能報病號在醫務所休息。但想歸想，每回大太陽時，劉繼亮都很用力地衝刺，但從來也沒昏倒過。

衝到山上，每個人的草綠服都濕透了，看到市景，清風徐來。班長會帶著大伙調和呼吸，和緩身體，頓時兩腋生涼。班長由近而遠介紹方位地形，眺望陸官、壽山、造船廠、飛機場，那征服自我的感覺，真好！

傳承

政戰學院的校慶是元月六日，這是不變的。可是今年的冬天卻變得異常，是暖冬，特別熱，天空有片雲遮住太陽，劉繼亮感受到絲絲微風帶來的涼意，院長繼續說：「一個學校能屹立百年之久必定有優良傳承，西點的『責任』、『榮譽』、『國家』的校訓，正是滔滔不竭的洪流，鼓動代代的西點人竭盡所能報效國家；尤其是『榮譽』，對於西點人有著非凡的意涵。在西點軍校兩百年的歷史中，曾發生過學生集體作弊的不名譽事件。一九五一年，西點軍校九十位橄欖球隊代表隊隊員，因考試集體舞弊，違反榮譽制度而遭開除。一九七六年，西點又發生有史以來最嚴重的考試作弊案，一百一十七份考卷被提交到校榮譽委員會審查，最後有一百五十二名三年級學生，在電機科目考試作弊，嚴重違反西點榮譽校規而全部退學。二〇二〇年，在期末微積分考試中許多人因為『錯同一題』而發現了集體作弊，經過數個月調查後，參與作弊的同學，一年級的有七十二位，二年級的有一位，有八人因為情節嚴重被退學、五十一人主動坦承錯誤，被處以留級重讀一年。」

院長談到榮譽，劉繼亮耳畔響起入伍班長說：「榮譽的基石是誠實，你就把所見所聽，說出來吧！班長絕對不會怪你。」

陸軍官校的入伍生訓練的教育班長是由畢業年班的學長來擔任，能夠擔任班長是至高無上的榮譽，這些班長都是萬中選一的優秀學長。有一回，一群入伍生在中山室看電視，有兩位班長在討論事情，後來班長開罵了，入伍生以為又有同學做錯事情，趕忙關電視離開中山室，劉繼亮與李舉明動作慢了一些，就留在那兒，還有一位文書兵，劉繼亮、李舉明發現這兩位班長不是在罵入伍生而是在吵架，吵到最後竟然打起來了，劉繼亮與李舉明正要溜時，文書兵喊：「跑什麼跑，還不勸架！」

他們倆人看了文書兵一眼，文書兵吼：「你們還在看戲啊，快制止啊！把班長拉開來！」劉繼亮與李舉明各拉一位班長，班長還在言語相譏互罵，情緒激動，彼此都想衝向前去，痛毆對方。劉繼亮倆人趕忙架住，想要大聲斥喝，「住手，打什麼架！你們忘了親愛精誠的校訓嗎？」又覺得以入伍生的身分大吼似乎不對，只好緊緊抱住班長。

這件事驚動了指揮部，長官們調查，劉繼亮與李舉明受到很大的壓力，這兩位班長倒是心胸坦然地告訴劉繼亮與李舉明「誠實」與「榮譽」的重要，他們倆就完全將看到的、聽到的說出來。後來才知道，導火線是為一個英文的發音而產生磨擦，再加上彼此帶入伍生的理念不一，天氣又熱，火氣很大，於是引爆了火藥。

這兩位班長後來都有很好的發展，一位公費赴美留學拿到理工博士回校擔任教授；另一位考取前國防語文學校的西班牙文組，先到美國就讀戰爭學院，接著又赴中南美洲某個國家擔任駐外武官。在赴職之前，劉繼亮、李舉明與兩位打架的班長，還聚在一起吃飯，酒酣耳熱之際，想起入伍趣事，不覺莞爾一笑。

下部隊後，劉繼亮考上政戰學校的新聞研究所。畢業後，劉繼亮回到部隊，因個人志向，轉任軍訓教官，開始對輔導、諮商感興趣，在擔任教官期間就讀心理研究所，畢業後，考取諮商心理師證照。軍職退伍後，到偏鄉醫院任職心理師，許多人對他的轉型覺得有趣，劉繼亮謙遜地說：「這一切都是母校培養的，在學校所學的就是助人的工作，這引發我對於心理的興趣。」

劉繼亮看著復興崗偌大的校園，正前方是中正堂，兩旁的對聯寫「為往聖繼絕學、為萬世開太平」，面對中正堂的左邊是紅色精神堡壘，紅底白字寫著「復興武德」；中正堂的右邊是圖書館，校園的後方是青山，而上有藍天、白雲，還有溫暖的金黃陽光。院長繼續說：「對於軍人而言，『榮譽』是所有軍人的共同語言，每一位軍人在接受國家授槍時，國家就將『安全』的責任託付在每位軍人的身上，這個高貴的榮譽來自本身的職責與對國家、人民莊嚴的承諾。是故軍人必須為自己的行為負責，不做出對不起自己、對不起部隊的事，每件事都必須以守法的態度行事，才能達到正直的標準，而不會逃避責任；更會勇於面對挫折與挑戰，不斷地督促自我，誠實地面對自我……」

劉繼亮聆聽著院長的話，似乎輕輕地撫摸到他心頭上的心弦，「是呀！當軍人確實是件榮譽的事兒。」劉繼亮思考著，這榮譽感的根源是從他入伍第一天，就紮根了，影響深遠！

自從劉繼亮自到醫院工作後，接觸到許多個案，這些個案絕大多數是弱勢的，有身心病症的。

「工作還能適應嗎？」剛去醫院服務沒多久，有一天劉繼亮的輔導學長傳Line的訊息問候。劉繼亮思考了一會兒，回傳：

「在這兒工作讓我想起黃埔校歌……

打條血路　引導被壓迫民眾

攜著手　向前行
路不遠　莫要驚

這群弱勢者，他們是酒藥癮者、受精神疾患之苦者，但我的心中總是會以黃埔校歌的精神期許自我，給自己力量來陪伴他們，引導他們。學長雖然我自政戰學校畢業，但三軍一體同根同源，黃埔校歌對我的影響極大。」

輔導學長傳了一個讚的貼圖給劉繼亮。慢慢有許多鄉親知道醫院的精神科有這位心理師，甚至會求要精神科醫師轉介心理諮商時，指定由劉繼亮心理師諮商。

武德

有一次劉繼亮遇到白菁勻，白菁勻和劉繼亮同為軍訓教官。轉任軍訓教官前，白菁勻是海軍軍官。面容清秀，神情堅毅，外文能力佳。每次見到她，劉繼亮的心中都會想起〈海上進行曲〉——

乘長風　破巨浪
我海軍勇向前航
弟兄們

同舟共濟萬眾一心海洋上
掌穩舵正前方看國旗真美麗
隨風飄揚世界上
願神祝福你　勝利航
……

劉繼亮在軍校時，有個很重要的學習就是軍歌教唱，從復興崗離開，畢業的政戰軍官到部隊擔任輔導長，軍歌教唱是輔導長的工作。當時在眾多軍歌裡，這是最常唱的一首，歌詞充滿了「樂觀、進取、和諧、勇敢、愛國、信仰，謙卑地在藍海上航行。」

劉繼亮想到海洋的寬廣，很難與現在滿臉憂鬱的白菁勻聯想在一起。白菁勻就像劉繼亮的憂鬱症個案一樣，讓他留下深刻的印象。

「我覺得當軍人，真的是很可悲呀！」白菁勻說。

「怎麼說呢？」劉繼亮是陸軍退伍的，他補充說：「海軍是國際軍種，穿著亮眼，不是我們陸軍可以相比的。」劉繼亮想起當初軍校畢業分發時，凡是抽中海軍籤的都要請客，因為他把同學的大海希望抽走了。

「唉！」白菁勻嘆一口氣。

「菁勻，發生什麼事了？」

「還不是因為年金改革的問題，被那些政客罵得如此難聽，我真的很難過。」

「是呀，我也覺得很不公平。」

「學長，你知道嗎？連在學校，學生都會有意無意地批判教官。」白菁勻語氣透著低落的情緒。

「事實上，當初會唸軍校，國家給我們的保證是『好好幹！國家不會虧待你的。』我們相信這個承諾，願意接受比別人多一點的限制，願意在國家危難的時候，以自己的生命來保衛國家。」

劉繼亮的腦海閃過他在念高中時，軍校招生推出平面廣告，廣告上的文案，劉繼亮還記得——

孩子
你還沒有愛過
偉大的愛不是兒女情長
而是對國家民族的大我之愛

廣告中間是一張開花結穗的大盤帽特寫，旁邊有副望遠鏡，照片的右下角是五七式步槍靠著大樹，樹根旁有把刺刀及水壺。這張招生廣告給還在念高中的劉繼亮，留下深刻的印象。

「學長、學長，您怎麼了？」白菁勻輕喚，劉繼亮回過神。

「沒事，只是想起以前。」他看著白菁勻大大的雙眼，「菁勻，妳說，我聽。」

「學長我還記得當時上《國軍軍事思想哲學》時，談到仁與忍、常與變、生與死、戰爭與和平，教育我們隨時可以就死。」白菁勻激動地說：「軍人將自己最青春的年華交給國家，這一群人沒有第二專長，軍人充實的是戰爭的素養，而這樣的專長正與社會上的需求是相反的。所從事的是戰爭行為，如果這樣的團體成員無心戰訓，都搞自己的事業，這樣的軍隊能作戰嗎？而我們的退休俸，不就是國家對我們的保障嗎？怎麼領了年金，就被批判成米蟲。」

聽著白菁勻陳述，劉繼亮感受到白菁勻的生氣與傷心，她又說：「學長您還記得一九九六年總統大選時的臺海危機，我們提昇戰備，差點就和共軍打起來了。」

「我知道。」

劉繼亮想起有一位海軍陸戰隊的學弟——于忠國，那年他排長歷練完，剛升輔導長，就調到太平島。于忠國描述的太平島是陽光、沙灘、海浪、椰子樹，讓劉繼亮心生嚮往；于忠國寄給劉繼亮一張照片，照片裡是太平島的主權碑，上頭刻著「南疆鎖鑰」，宣示這是中華民國的領土。

九六年臺海危機依據情蒐顯示，共軍可能會拿下外島。平時指揮官很親和，下午

四、五點時，都會和弟兄們打籃球，自從發現中共的鐵殼船出沒在太平島附近海域，就經常傳來五〇機槍驅離鐵殼船的槍聲。指揮官和參謀們日日都到各個陣地巡視，幾乎天天開戰備會議，瞭解各連的備戰狀況。

有一天指揮官接到一通極機密的衛星電話，那天起全島就提昇戰備，指揮官下令「槍不離身，身不離槍」，子彈裝滿彈匣。三天後，參謀總長到太平島視察，臨別時，總長親自走向前逐一地向所有的送行軍官握別，總長微笑地像個慈祥的長者，用他經歷風霜的雙手握著每位軍官的手，「謝謝你保衛我們的國家。」說著溫暖的山東腔國語，語氣親切，但又充滿悲壯。

于忠國說：「學長，那天天氣陰沉，很有『風蕭蕭兮易水寒，壯士一去兮不復還』的感覺。」

于忠國繼續說那一天的事——

晚上用餐後，除了戰備、衛哨，指揮官在餐廳集合全體官士兵，值星官行完禮，向後轉對全體官兵喊：「坐下。」

「各位同志，大家好。」指揮官問候。

「指揮官好！」全體官兵回應。

「忠國！」于忠國舉手答：「有！」出列後，指揮官交給忠國一封信，「念。」

「敬愛的母親……」于忠國念。

「大聲念。」

敬愛的母親，兒在此做孝移忠，自唸軍校起，兒時時即為保衛國家準備，現國家危急，望母保重，兒將陪同島上所有弟兄共存共亡。不孝兒，叩別。

于忠國當時熱淚盈眶，但他忍住不讓淚掉下來。

指揮官對所有的官士兵說：「我們要堅決地守護中華民國的領土，所有的島嶼作戰，都是島在人在，島亡人亡。各位，依據情資顯示，敵人會奪取太平島，但我們不容許敵人踏上我們的島嶼，對不對？」

「對！」

「這是我們的國土，對不對？」

「對！」

「我親愛的弟兄們，我們的決心是與陣地共存亡，就算戰死，也不用擔心，忠烈祠會有我們牌位，我們的死不會白死，會激勵國人的士氣與其他軍人的勇氣，保衛我們的國土，這就是軍人魂。」指揮官接著拿出他的手槍，吼道：「這裡面的彈匣是裝滿子彈的，我堅決地向各位保證，戰到最後一刻時，這把槍的最後一顆子彈是留給我的。」全體官兵熱血沸騰，「忠國，把信紙發給大家。請每位戰士寫家書。」

寫家書時，當下有許多人的淚是含在眼眶裡的，可是全島弟兄們的士氣是高昂的。于忠國是政戰幹部，負有戰術監察的責任，要檢查信的內容是否有透露出軍事機密。有幾封，于國忠都還記得——

「爸、媽，兒向您們道別了。」

「玲玲，告訴兒子，他的爸爸是為保衛國家而死的血漢。」

「阿華，下一世，我再好好愛你。」

「小珍，我帶著妳給我的愛，走向生命的盡頭。」

「女兒，爸爸想像妳披上婚紗，都會開心笑了，只是原諒爸爸，我失約了……」

那天晚上，指揮官召集所有的連長以上幹部，宣布很重要的事兒。隔日，空軍最後一次補給，C130運輸機要離開時，于忠國拿著指揮官、自己和所有官士兵的家書親自交給飛行員，「教官，這是我們所有人的家書，請教官到臺灣時，務必幫我們寄出去。」

飛行員含淚接下這些書信，和于忠國握手離別時，飛行員淚水在眼眶裡打轉，哽咽道：「老弟，我一定寄送到每個人的家裡。」

「忠國，指揮官對連長以上的幹部說了什麼？」劉繼亮好奇地問。

于忠國的眼眶濕紅，「指揮官說：『我們是孤島作戰，各位戰到最後一刻前，要把所有的裝備、設施一律摧毀，要殉國的就殉國，若是你有另外的考量，想要活著的，就活著吧！』所有的連長竟一致願意用生命來報效國家。」

劉繼亮聽完于忠國的這個故事，內心激動不已。

白菁勻幽幽說道：「學長，九六年，那一年我在艦上，巡到南海，遇到大陸的鐵殼船，把我們包圍住，不斷在對我們喊話，情勢很緊張，若是爆發武裝衝突，海軍一定是增援不及，我們可能會抵擋不住。那時我隨身都帶著槍，因為我是女生，我知道當戰到最後一刻，他們登艦後，會發生什麼事情，所以我必須要在他們上來前，先結束我自己的生命。」

劉繼亮嘆了一口氣，「菁勻……」，卻一句話語也說不出口。

白菁勻的眼淚一直在眼眶打轉，她強忍著不讓淚落下，像是劉繼亮見到的每一位軍人，在悲傷處總是會忍耐著。面對白菁勻的提述，身為學長的劉繼亮知道那個痛點是什麼？卻不知道能安慰白菁勻什麼？那段她在南海巡弋的感受，對白菁勻而言，是真實的感受，在生與死之間是極大的衝擊。身為心理師的劉繼亮說：「菁勻，聽了妳的故事，我只覺得心情很沉重。」

老兵

院長繼續說：「為了要達到這個目的，必須透過對國軍的向心力與認同感，形成高度的『榮譽心』；觀察歷年來，國軍的榮譽感已成為推動國軍進步的最大力量，我們要隨時自我反省，深切體會榮譽的意涵，確實擔綱起保國衛民的任務。」
「各位同學！」這群軍校生立正站好，「請稍息。院長在校慶時，特別講述軍人的榮譽，諸位爾後都是國軍幹部，希望能謹記在心。」
「宣讀軍人讀訓，全體循聲朗誦條文。」司儀高喊。院長打開紅絨布的讀訓本，「中華民國陸海空軍軍人讀訓，第一條實行三民主義，捍衛國家，不容有違背怠忽之行為。……」劉繼亮知道《軍人讀訓》在國軍各重要集會已改唸條文了，但他還是不習慣，以前只要是重大集會、慶典，是必須要唸全文的，他的記憶停留在以前，劉繼亮依稀記得訓詞的前文是——

我中華民族，雄踞東亞，建國迄今，已歷五千年，……自今以後，尤賴我忠勇軍人保護維持之……砥礪獻身殉國之精神。念念為救國而犧牲，時時作衛國之準備……

劉繼亮的情緒很複雜，校長已經唸到，「第十條誠心修身，篤守信義，不容有卑劣詐偽之行為。」臺下的學生們也高聲朗誦。
「唱校歌。」司儀高喊。他聽著學弟妹高唱著他熟悉的校歌，充滿朝氣、活力，一字一句傳到他的耳中。

……

我們是革命的政工
我們是反共的先鋒
三民主義的真理
指引著我們向前衝

……

校慶結束後，劉繼亮回到家，冷氣團襲來，變天了，氣溫下降。劉繼亮坐在書桌前沉思……這一晚，終於有冬天的感覺了。

悄悄地過了若干年。世界又變了。湖北省武漢市發現一種新型肺炎，世界衛生組織為這新型肺炎命名為Covid-19。

劉繼亮他們這一期打算在今年的五月下旬辦理三十週年同學會，李舉明退伍了，他熱情地鼓勵同學參加，在他努力聯繫下，國防大學校長同意在做好防疫措施的前題下，他們可以回到母校重溫舊夢，屆時政戰學院院長將親自迎接校友回娘家。可是……沒多久電視臺新聞主播播報：「臺北爆發嚴重疫情，市政府宣布禁止各項集會。」李舉明忍痛在Line的群組上宣布：「配合政府規定，政戰學院停止各種集會，三十週年同學會停辦，紀念品會寄至同學的手中。」

疫情日益嚴峻，劉繼亮工作的醫院改為專責醫院專門收治新冠肺炎，醫師、護理師穿起防護衣說：「疫情肆虐，正是忠貞於我們職守的時刻。」他們勇敢地進到病房。

劉繼亮所服務的精神科病人，在前一天全部轉到其他醫院。

世界劇烈地改變了人與人接觸的方式。

夜裡，李舉明傳來畢業三十週年的短片，原本這個片子要在同學聚首時，在復興崗集會禮堂放映的。劉繼亮看著影片中的同學身影，從少年、青年，而今已是中年了，還有一些他熟識的同學，已經不在人世間了。劉繼亮的心中浮起許多的軍旅往事，也浮起若干年前白菁勻那張悲傷的面容，劉繼亮靜靜思考，他問自己——「如果國家有難，中華民國發出召集令。繼亮，你還會一本初衷保衛國家嗎？」

劉繼亮想起十八歲那年，在陸軍官校入伍授槍宣誓，白花花的烈日地照著這群入伍生，滴滴汗水映出入伍生們的熱情與真誠，

余謹宣誓效忠中華民國……捍衛國家，保護人民……克盡軍人天職，如違誓言，願受最嚴厲之處分，謹誓。

映在劉繼亮的回憶是理著大光頭，頭頂鋼盔，流汗滿面的青澀小子，高喊：「宣誓

人——入伍生劉繼亮。」此時，數千名的入伍生齊喊著自己的名字，響徹雲霄。

影片播放完畢，劉繼亮自語：「會的，這是我莊嚴的承諾。」這時劉繼亮的耳邊聽見有人正唱著那首熟悉的歌……

飄揚的旗幟
嘹亮的號角
戰鬥的行列是他快樂的家
一心一意
熱愛著祖國[1]
更把生命獻給了她
道不完南征北伐的往事
數不盡一身光榮的瘡疤
哪怕白了少年頭
報國的心意就像一朵不凋零的鮮花

劉繼亮再細聽，他聽清了，這首歌是他的心唱的，從他十八歲進到軍校一直唱到現在，日日夜夜在他耳畔迴盪，不曾改變。

1 現行部隊教唱版本，將祖國改為國家。

05

聽不見的蛙鳴

小爾努力地回想ＥＣＴ（電痙攣療法）的那段過程，他總是迷迷糊糊的，似乎有這麼一回事，可是記憶又是斷斷續續的。

那天，他到達治療室之後，護理師把靜脈注射管插在手臂上。小爾檢查了自己的左手臂，確實上面有個針孔。接著，護理師拿了血壓測量器，在量血壓和心跳，又為小爾配戴上氧氣面罩。

「小爾，現在為你輸藥，幫助放鬆肌肉，使你睡一下喔！在治療過程中，小爾別擔心，你會全程放鬆入睡。」小爾用力回想，這好像是醫師對他說的。又接著，「小爾，當你入睡後，我們會把兩個電極片貼在你頭上。電流將會通過你的腦子，時間很短約在四秒左右。這時候你的肌肉收緊，然後放鬆。這個過程會持續二十至六十秒。」

恍惚間，他似乎看見了那個熟悉女人的笑靨，還有一張凌亂的床……一個少年，裸著身子，趴在那個女人的身子，那是那個少年初嚐人事後的體驗。小爾再仔細一看，那個少年竟然是他……

而那個女人是他的英文老師——岑欣，他十七歲時嚐到了女體的滋味。

這位女體是年紀大他一倍的歲數有餘的女人。

這位女體是他的老師。

而老師有了師丈。

這件事情被媒體披露了——

○○高中的一位三十餘歲英文已婚的女老師，平日注重保養運動，身材健美。其夫為○○醫院外科醫師，擔任外科部主任。女老師擔任導師竟與自己班上十七歲的男學生發生不當行為。兩人多次在教室、廁所，校園偏僻處接吻、愛撫，甚而在女老師家中發生性關係。學生對女老師已動深情，將這段不倫戀情寫在自己的FB中，引用漢朝古樂府詩〈上邪〉來表明自己對這段愛情的堅持——「我欲與君相知，長命無絕衰。山無陵，江水為竭。冬雷震震，夏雨雪。天地合，乃敢與君絕。○○，我想超越了肉體，但我的靈魂卻開始不安，尋找我的○○，愛妳的○○○。」

愛情應當只存在於倆人之間，一旦曬在陽光下，讓人看著，其中的美就變醜了。電視上的談話八卦，有所謂的心理、兩性，一些莫名其妙的專家，和精神科醫師，不斷地剖析兩造的心態，小爾小小的腦，在想他們不是我們，怎麼可以胡亂說我和岑欣的感受呢？

自從這件事揭鍋後，他被保護了，不能使用手機、網路。他想著他和岑欣的往事，第一次單獨的約會是在這個偏鄉的小山頭，兩個人頭一回上到山頂，篁竹蔽翳，別有雅趣。天雨了，濕了這片林子與芳草，倆人躲進似乎許久未有人進入的洞穴中，略有些擠，在那洞穴中，小爾聞到了草的芬芳。四月天，開梅了，天飄下雨，雨越來越大。倆人汩汩地流下汗水，岑欣溫柔地拭去小爾的汗珠。小爾嚐到他人生中的第一次。在那瞬間之後，他抱著岑欣，而岑欣也給小爾溫暖如母親，甚至超越母親的擁抱。雨停後，倆人手牽著手，出了洞穴，草上水珠滴露，映著夕陽的光照，一仰首，多彩的拱形橋正懸在天際，畫出一道綺麗的弧形。倆人為這美景所驚奇，陶醉，更是目眩神迷。

「妳看……」小爾指著天際的虹，「這是七色橋，連結另一端的妳，與這一端的我。」接著他緊抱住岑欣，深情地一吻，每一滴露珠映出倆人融而為一的翦影。

那陣子，小爾上課是乖乖的學生，上國文課時，老師講述〈桃花源記〉——

「晉太元中，武陵人捕魚為業。緣溪行，忘路之遠近。……」

小爾看著課本，聽到老師念：

「忽逢桃花林，夾岸數百步，中無雜樹，芳草鮮美，落英繽紛……」

腦袋瓜卻想到，那天在山頂上的竹林，想像著，不由自主地在國文課本的空白處寫下——

You are a teacher.
I am a student.
You are my teacher.

I am your student.

寫到這兒，小爾微笑了，心想——

You are a lover.
I am a lover.
You are my lover.
I am your lover.
You are mine, and I am yours.
Forever.

一股勁兒地傻笑，看著教室外的絲絲細雨，彷彿每一絲都藏著岑欣的笑靨。接著小爾將英文課本悄悄地拿出來。在英文課本的扉頁上寫他內心的鬱悶欲狂。

「小爾！小爾！」

同學拍小爾的肩，「老師叫你了。」小爾回神。

「接著念……」

小爾趕忙拿起國文課本，慌亂中念出，「忽逢桃花林，夾岸數百步……」全班哄然大笑。旁邊的同學趕忙告訴小爾，「見漁人，乃大驚……」全班又笑了。

「你真的讓我大驚。同學都告訴你了，你還是念錯。」小爾滿臉通紅，老師走近小爾，「你在想什麼？」老師拿起他的國文課本，「You are a teacher. I am a student. You are my teacher. I am your student. 同學！」老師故意拉長了尾音，「這堂課是國文課，陶淵明應該是不懂英文的。」接著又拿起他的英文課本，念——

今天的風
吹奏淒涼的悲歌
今天的雨
舞出悱惻的身形
都不足以形容我鬱悶下的那股慾狂
藏在我的心底處
伴著心臟一次又一次跳動著

原本紅著臉的小爾，臉更紅了。

「你很厲害吔，在國文課本寫英文，在英文課本上寫中文詩……」同學笑聲滿堂，接著起鬨——

「寫情詩啦！」

「想妻仔。」

「把妹很強喔！」

同學們七嘴八舌地談起來了。

「一定是隔壁班的。」

「誰呀？」

「小齡？」

「小芬？」

「阿芳？」

「安靜！」老師制止了同學，「小爾找到了有沒有？」

小爾旁邊的同學，指著課本要接著念的段落，小爾對老師點點頭，示意找到了。

「念吧！」

「既出，得其船，便扶向路，處處誌之。及郡下，詣太守，說如此。太守即遣人隨其往，尋向所誌，遂迷，不復得路。」

「好！念到這兒，老師要解釋。」老師看了小爾一眼，「上課要專心，別一直想女同學。」

小爾不好意思地坐下了，但是他的心頭一怔，「我會不會像那個漁人，再也找不到岑欣了呢？」一股不安襲來。

在偌大校園是綠的，中廊的庭園是綠的，荷池的水是綠的，荷葉的綠變得更深了，戀人相戀的多愁善感在小爾心中化作一聲感嘆，「花朵會枯萎，果實會腐朽，綠葉會枯黃，而我心中的仲夏之夢是妳創造的。」放學後的英文輔導是倆人的藉口，也是小爾用英語表達愛意的時機——

You are a lover.
I am a lover.
You are my lover.
I am your lover.
You are mine, and I am yours.

在校園裡小爾和岑欣幽會之處是沒有一丁點綠色，是黑暗的角落，是讓男女師生交流情與慾的偏僻之處。不論晴雨，在那片黑暗下，都是倆人恣意的歡愉。讓小爾感動的是——在岑欣的紅事來臨之時，岑欣的體貼，除了她的那雙柔荑外，還有她的香膩口脂，讓小爾淋漓盡性地宣洩。世間的性海情山，使小爾進到了人生中不同的境界，他內在原始的動力想要擁有他的老師，岑欣的身體，岑欣的愛情，岑欣的所有。

然而，這一切已經成談話性節目的主題了。
「師生戀是不允許，尤其在校園內是不對等的。」一位教授在談話性節目說。
「發乎情止乎禮，情慾是每個人都會有的，但總是要節制。」一位原本是演藝人員，後來轉任心理師的名嘴說。
「最好是先暫時分開一段時間。」自稱處理性別議題，特別是感情的精神科醫師說。
某個八卦雜誌，找到老師和同學一同出遊的照片，那天豔陽光照，照片中的每一個人都笑得開懷，同學的臉都打上馬賽克，老師的臉只打上薄的馬賽克，仍然辨識得出是岑欣，站在岑欣旁邊的是小爾，小爾記得他的手是牽著岑欣的手，被前面的同學擋住了。
在輿論炒作下，小爾被保護了，關在教會的小房間。父母帶著牧師一同開導，小爾完全聽不下去，對牧師怒吼：「我就是要和岑欣在一起。」牧師放了一本《聖經》在桌上，「你在這兒冷靜冷靜，有空看看吧！」說完後三人鎖門離去。
「放我出去，我要看岑欣。」小爾猛敲門，崩潰而泣。也不知過了多久，有人打開窗戶，隔著鐵窗送了飯盒，礦泉水。他才注意到，天暗下來了。
他翻閱《聖經》，隨意讀到〈雅各書〉第一章第十四、十五節「每一個人受試探，都是被自己的私慾所勾引誘惑的。私慾懷了胎，就生出罪；罪長成了，就產生死亡。」
他想起有一回在小組討論，剛好談的就是這節的經文。
「私慾包括酒、色、財、氣……是永遠不會滿足的。」小組長解釋。

「包括了感情嗎？」小爾提出疑問。
「不符合《聖經》規範的感情都是，是一種罪。」小組回應。
「情慾是罪嗎？既然是罪，又為何上帝造人時，要把罪放到人心？祂不是萬能的嗎？」小爾聲音略略上揚。
「〈羅馬書〉第六章第二十六節說：『因為罪的工價就是死；但神的恩賜，……』」小組長想要解釋。
「有情慾就要死嗎？」小爾打斷小組長的話，接著說：「上帝很矛盾給人生命，又給人情慾，又要人死。」
「小爾，死是失去生命，也是一種失落。試想一對恩愛的夫妻，若是有人先走了，留下來的人一定是很難過的；如果我們放縱情慾……假設對每位情慾對象，都是真心的……如果分手，離世，留下來的人必定是很悲傷的，用這個觀點來看，神說要節制情慾，也是不想讓人陷於放縱情慾帶來的一些負向的情緒，甚至因而走向絕路，從身心健康的角度看來，上帝提醒眾人要遵守《聖經》的話語，正是愛世人的表現。」
那時小爾已和岑欣在一起了，只有他的身體在小組聚會，岑欣佔滿了他的心。小組的成員訝異，並疑惑著小爾在信仰上的轉變。
小爾把《聖經》丟到一旁，褪下他的褲子，用雙手愛撫，憐憫他的身體，喚起敏感處的亢奮，這種感覺是類似與岑欣情慾交流的感覺。在保護期間，他老是幻想與岑欣的激情，起碼在自慰高潮的瞬間，身體會浮現激情的同感，儘管事後他看著自他體內渲洩出來的體液，還有讓小爾空虛不已的感覺，他也願意從中得到絲絲慰藉。但是他也確信，他與岑欣之間不是只有性愛，還有情愛，他已多日，沒有見到岑欣，而那個思念讓他像是發了狂一樣，他哭鬧著，他撞牆，他想衝破這個房間，他想衝破這個教會的禁閉室。

日間的烈陽已被清涼的夜氣洗淨。窗外的夜好黑，那紅色的十字架兀自亮著，風在嘩然。還有一陣又一陣的蛙鳴。窗內，夜好靜，只有立燈，和一顆悲傷的心。是該入睡的時候了，小爾睜大眼睛，聽著蛙鳴，他想到蛙鳴，一聲又一聲是不是也在喚著牠心愛的蛙呢？牠是不是在哭呢？這一刻小爾似同理到蛙的痛苦，和他一樣痛苦到天明。記憶又拉他回到岑欣身邊，有一回岑欣帶同學到麥當勞，小爾見到一位外送員，跛著腳，倚著拐杖，和他在門口多聊了幾句。岑欣感到很好奇。

「你和他在聊什麼呢？」

「看他跛腳，還送外送，就讚美他一下。」他俏皮地說：「老師，我很有同理心的啊！」

「你呀！是共情同感，感應到他的心情了。」

那天岑欣笑得很燦爛。小爾自言：「岑欣，此時妳也共情同感到我嗎？」

蛙鳴持續著，守候著，伴著孤夜難眠的小爾，他自問：「我還有守候嗎？」

回憶爬上小爾的心頭，當時他完全被岑欣的笑吸引住了，他暗下決心，要挑戰禁忌、追求老師，之後就天天在自己的ＦＢ中抒發愛慕情愫，岑欣也熱情地加密回應他的初情。

關到這裡被保護後，小爾好幾天沒上網了，幾個不成眠的夜晚，讓他的頭腦昏沉，小爾心想，或者天亮一到，他就可以睡著了，但白日只是黑夜的延續，他看著左手一條又一條的血痕，小爾感覺累到極點了，可是身體卻容不得他休息，他心想：「岑欣，是不是也是不能成眠呢？為什麼我老是想到她……可是卻又朦朦朧朧的呢？」

小爾做了幾個深呼吸，想到追求岑欣後，他在ＦＢ抒發對她的戀意，那陣子他愛極了泰戈爾的《漂鳥集》——

Love! When you come with the burning lamp of pain in your hand,
I can see your face and know you as bliss.
（愛情啊！當妳提著點亮的痛苦之燈走來，
我便可以得見妳的容顏，並因認識妳而深感幸福。）

岑欣加密回——

Yes, I do. You are my only Lover.

（我甘願，你是我唯一的愛人。）

小爾口渴了，這間斗室，有一箱箱的礦泉水，他打開一瓶水，喝了一口，水順著喉嚨進到他的身體，感到一點涼意。又繼續回想過往。

岑欣酷愛陶藝，假日常常帶著學生去燒陶。他想起岑欣送給他的陶製杯子，上頭有個大寫C和R，岑欣燒了兩隻杯，一隻給小爾，岑欣也留下一隻杯子，併著小爾送他的松子，放在她的書桌上。岑欣喜歡松林，喜歡風過松林，帶來的松香味，她愛這個感覺，她愛這個味，愛看明月松間照，領略松林明月。

在山空松子落的夜晚，小爾一個個俯拾起，珍藏在懷裡，只因為岑欣愛松。他看見松子落下，失去青春的色澤，乾枯了，卻不腐朽，小爾對岑欣說：「我的愛像是松子。」富有吸引的奇特、嶙峋，還有永恆。雙方感情持續加溫，聖誕節那天岑欣的先生，到臺北參加醫師公會辦的學術研討，岑欣相邀小爾到她的家。那是頭一回，倆人正式地坦誠以對，如情人一樣地沐浴，岑欣彷若是頭一回看到男子的裸體，雖然她已結婚，但這些年……她的先生，總忙於自己的事業，忙著他的心臟外科權威。在他的生活中除了醫學之外，還是醫學，兩人早已分房睡了，過著如清教徒一般的生活。岑欣也曾抱怨過——

「開心究竟要多深，才看得見愛？」

「開心是看不到愛的，愛是一種感受。」

心臟外科權威的回應，讓她無言，只是久了，生活就再也開心不起來，漸漸淡了。岑欣知道自己的心頭還有潛在深處的慾望，平淡的婚姻下，或是說勝利組合的婚姻下，岑欣也談過幾次無疾而終的戀情，嚴格說來不是結束，只是自然而然地淡了，似乎感情久了都會淡。儘管偶爾岑欣還是會與這些戀人們彼此問候。岑欣曾經在她的日記上寫——

寫不出的愛是永遠藏在心中的，在心中那個位置，幽幽的，隱微的。總是有彼方的愛人的存在。

為什麼要去愛？這是此方的愛人想要知道的，他總是會一次又一次地自問，問久了，問煩了，會化成唏噓，「唉！就是沒有理由。愛你是不要理由的，只要我懂就好了。甚至你不懂，也沒關係。」

愛就是愛，愛上愛人的一切，愛他的笑，愛他的語言，愛他身子沾上了菸草的味。「我愛你。」這三個字就夠了。不在乎，是不是有結果？只在乎，我的心中是不是有你？我的愛人，你知道嗎？

山海之間，我想你！
天地之間，我想你！
生死之間，我想你！
縱使無法執子之手，與子偕老，但請你記著，「在我心中有你，今天如此……若干年……後，我想起你，心中也會悸動。請記著『我愛你』。」

岑欣分不清她與小爾之間的感情，自嘲自己已經是中年婦女了，還會暈船。心頭忐忑的她到了天后宮她想問問為何她的情感一直是波動的？她有一個可以倚靠的先生，她的先生也給她極大的自由度，就算不工作，先生的財力也足以養她一輩子。情海沉浮，她想問個清楚？可是媽祖是正神，對於這樣的感情事，不知道會不會應允？

岑欣虔誠地雙手合十膜拜，「敬愛的媽祖啊！我的心一直起伏著，在情感的世界裡，總是許多人來來去去，我想請您給我一些『指引』？您是否願意呢？」

岑欣擲筊，出現笑筊。岑欣心想應該是沒說清楚，又再度敬誠禮拜，說出：「敬愛的媽祖啊！我問我與小爾之間的感情，我進入了迷惘，您是否願意給我指引呢？」

岑欣擲筊，出現聖筊。表示媽祖答應了。岑欣走到籤筒，抽出第四十六籤　辛未——

功名得意與君顯

前途富貴喜安然
若遇一輪明月照
十五團圓照滿天

岑欣擲頭筊，出現笑筊。岑欣無奈地再抽到第三十籤　戊戌——

漸漸看此月中和
過後須防未得高
改變顏色前途去
凡事必定見重勞

岑欣擲頭筊，出現蓋筊。岑欣知道這不是媽祖的應允，於是又再抽一次，這回是第四十八籤　辛亥——

陰世做事未和同
雲遮月色正朦朦
心中意欲前途去

岑欣擲頭筊，出現聖筊；再擲，聖筊；第三次，聖筊。籤詩呈現的卦象是否，岑欣想起之前學《易經》，老師談到否卦，「是閉塞不通，大環境不好，就做自己的事吧！不過從私利來說，否卦是快樂之道，有句話是混水摸魚，混水是大環境的亂象，摸魚是為了得到私利，就是這個道理。」老師又笑著補充說：「外在環境不允許，做些私密之事，不張狂，是可以的。」

岑欣淚眼汪汪，心中的有那麼一點期待，或是說她也不清楚她的期待是什麼？總之她有失落的感覺，「那麼……敬愛的媽祖，我與小爾之間，該如何？」岑欣遲疑半天，最後鼓起勇氣擲筊，媽祖應允蓋筊，完全沒有表示。「那麼……敬愛的媽祖，該斷嗎？」

岑欣擲筊，媽祖應允聖筊。

「信女知道了。」岑欣莊嚴地頂禮膜拜，但心在淌淚，「媽祖啊……」一時間岑欣也不知該說什麼？媽祖畢竟是正神，岑欣離去前再看一眼媽祖，仍是慈眉善目溫柔地看著岑欣，似說：「孩子，我知道……妳正經歷情的苦。」

岑欣回過神，浴室水氣瀰漫。這次戀情來得特別的強烈，她想到小爾貼在ＦＢ的文

字──

氤氳中
我吻了妳
難道氤氳中
才能有我們的愛情嗎

這段關係，究竟是自己潛在心底深處的慾望，還是愛情呢？她打開了水龍頭，嘩嘩的水聲中，浴室充滿了氤氳的水氣，想起氤氳二字在古時指陰陽二氣交會和合，只要太陽一來，就散了。小爾緊緊地抱著岑欣，岑欣透過他身體的反應，感受到他的慾望已經漲到頂點了。

沐浴後，小爾與岑欣倆人裸身躺在床上，小爾為岑欣擦拭身子，抹上乳液，這是他頭一回這麼近地看著女人的裸體，岑欣酷愛運動，經常參加路跑，身材脩長。以往倆人在教室、在校園、在山上，總不能坦然相對。這一回，小爾細細地看著岑欣溫暖的身子，手撫摸著岑欣柔軟的玉體，順著曲線，小爾想到在山上那回天雨，倆人同擠一個山洞，那時並沒看清，這一回卻是看得如此清晰，小爾的手順著岑欣優美的體形靜靜地撫觸。驀地，岑欣眉頭一蹙，小爾心慌，手抖了。不知道是過於用力？還是怎麼了？岑欣笑著，拿回乳液，要小爾躺著，調柔床頭燈光，換她看著小爾青白的胸膛和人魚線的小腹，溫柔地抹上乳液，那一刻岑欣才瞭悟原來女人也會對青春的男人肉體發狂般地痴戀。

岑欣像是在做一個精美的陶藝一般，細細地捏土、拉坏……窯火默燃，初興，盛旺……岑欣伏在小爾的胸前，嗅著青春少男的味道，她感受到小爾的心跳，以及亢奮的性器。小爾轉過身子壓上岑欣，岑欣順勢關上床頭燈，黑暗中，窯火正熊熊地燒著，火熄後，仍在黑暗中，兩人相擁，小爾祈求地對岑欣柔情低語，「岑欣！我好愛妳喔！我真的愛妳，我知道我的愛要很小心，等我……要等我，上完大學後，我會努力工作，我們在一起好嗎？」岑欣將滾熱的面腮偎貼到小爾滿是汗的臉頰。

「妳一直在我心中某個角落，那是專屬於妳的，隱微的，我知道妳一直都在……」小爾接著說。

岑欣禁不住地流淚，黑暗中，無聲地一滴……兩滴，融入了小爾的汗水裡。

「小爾，我……」岑欣知道這段愛，她只能放在她的心底。

「岑欣，我愛妳，我永遠愛妳。」小爾不等岑欣說完，又緊緊地抱住岑欣。

窯火又興。

ECT的電流漸緩，小爾慢慢醒來。

「今天整個療程，都結束了。小爾……」醫師在他的眼前拍拍手，「小爾……」小爾回神過來。

「好好息一下。」

怪得是，自ECT後，小爾的腦海中，就經常浮現岑欣的笑靨，還有與她發生種種關係的情境。像是電影一樣，會在腦子上映，奇怪的是——他竟然會沒有任何性生理的反應，小爾心想是不是通電，把那個慾火的感覺澆熄了。

小爾向護理站借了筆，在他的筆記本上寫道——

多年前的記憶又重新浮現心頭，說來也怪，對身體通電，竟然能恢復過去的記憶，也許她本身，就是讓我難以忘懷。怪的是……以往想起這段往事都會伴隨著慾望，但這一回，就只是想起，想起她，想起我忘不了的她……她是我曾經的愛，那段純純的愛。

小爾沉浸在過去的記憶。驀地，護理師說：「小爾，醫師將你轉介林蒼心理師諮商。心理師來了喔！」

小爾抬起頭看著微笑以對的心理師。

「小爾你好，我是林蒼心理師，我們到會談室。」

林蒼領著小爾進到會談室，問小爾的近況。

「自從ＥＣＴ療程結束後，我就一直想著一個我無法忘掉的記憶。」

「什麼記憶？」林蒼好奇地說。

小爾撇開林蒼的視線，吞嚥口水，輕輕地清了喉嚨。沉默一會兒。

「你要說的是什麼？」林蒼語氣略急。

「我……」小爾蜷起他的雙腿，雙手緊抱著膝蓋和大腿。

「你可以說你想講的事情？」林蒼對小爾微微一笑。

「這件事情是發生在我小的時候，……」小爾再次嚥口水，「其實也不小了。我……」

「我在聽。」林蒼故作輕鬆的樣子。

「我和一位老師談過戀愛。」說完後，他將桌上的杯水一口氣全喝光了。

「是男老師？女老師？」

「和女老師戀愛……」小爾看了窗外。

這話讓林蒼不知所措，心中又充滿了好奇，「你們有發生性行為嗎？」

小爾聽到這句話，起初像是微風，後來風漸漸大了，要準備掀起浪濤。他感受到自己的脈博加快，心臟正快速地跳動，不由自主地握緊雙拳，和抖動雙腳，眼神似乎要噴出火了，暗想：「為什麼每個人都好奇我與岑欣之間的性行為呢？都看不見我與她之間的愛情嗎？」他感覺到受到羞辱，看到對方穿著白袍，小爾刻意停止抖動，但是他還是感覺到被羞辱，自己被羞辱也罷了，怎麼可以羞辱他的老師，他的岑欣，甚至羞辱他們之間的愛情。現場陷入沉默，沉默到諮商室的溫度似乎陡然地下降。小爾看著心理師，既生氣，又悲傷，那是一個很特別的感覺……而林蒼為這個沉默感覺到焦慮，臉上堆滿困惑看著小爾。

小爾仍然保持禮貌，壓抑他的語氣，「謝謝心理師。」頓了一會兒。小爾面無表情地說：「心理師，我還可以再喝杯水嗎？」

「喔！好，我幫你倒杯水。」林蒼將水杯放在茶几上。又說：「你和老師之間……。」

小爾心頭上的火點燃了，他壓抑不住憤怒，打斷林蒼，「心理師，你想知道我和她有沒有……」小爾語帶怒意，「打砲是不是？」

林蒼聽見帶著憤怒語氣的「打砲」二字，一時間感到錯愕，「抱歉，我……」

「你問那句話是什麼意思？愛情有年紀上的限制嗎？為什麼我和岑欣之間大家都圍繞著有沒有做愛、打砲……對，我告訴你，我們是有打砲，在山頭打砲，在校園打砲，最後我在老師的家，我在她的床上肏她的屄，和老師相……」小爾用盡憤怒的情緒大喊：「幹！」咆哮語畢後，小爾的耳朵隆隆作響。

「叩！叩！叩！」會談室外傳來敲門聲。

「心理師！心理師！」保全在會談室外喊。心理師起身開門，保全瞟上緊閉雙眼的小爾，「沒事吧！」

「沒事。」林蒼深深呼吸。

「若是有事，我就在外面。」保全善意地告知，也暗示他在外警戒著。

「謝謝你，我知道了。」林蒼關上門，坐回位子。

「小爾，我感受到你的憤怒了。」林蒼帶著歉意，「很抱歉我的提問太突兀了，讓你覺得不舒服，我道歉。」

倆人沉默良久。小爾心中滿是憤怒的箭，支支都自他過去的記憶射出，那段他曾經的時光歲月，小爾在心底層層地尋找岑欣，尋找他所認識，又深愛的岑欣，每次想起跟她在一起時，祕密和謊言就跟隨而來，他對岑欣的吻，必須要隱藏在——「老師在為我加強英文。」他與岑欣的身體接觸，必須隱藏在——「我到同學家做功課。」而他對岑欣的愛，更是一個祕密，隱藏在尊師重道之下。從岑欣的立場來看，她不也是活在祕密與謊言之下面，甚至戴著為人師表的面具，想到這兒，小爾幽幽地嘆了一口氣，「唉！」

「我只是想透過你的陳述，瞭解你的早期經驗。」林蒼順勢打破沉默。「真的讓你不舒服了，對不起。」林蒼鄭重道歉。

「你問吧！」小爾喝一口水，緩解了憤怒。

「那時你幾歲？」

「十七歲。」小爾接著說電擊療程結束後，「十七歲時所有的影像都浮現出來了。」小爾的神情瞬間出現罪惡感、焦慮及害怕。

「你那時……怎麼了？」

「我很恨我自己。」小爾低下頭，「我知道這是不對的……可是我的身體讓我覺得很舒服，似乎上癮了。到後來，除了身體的感覺，又有著感情，感情讓我和岑欣會很仔細……很仔細地體會彼此在這個過程的激情及快樂，我們互相迷戀和欣賞彼此的身體！我完完全全愛上我的老師。」

小爾看著心理師，「如果只有性行為的快感，我不會這麼痛苦。所以，你問我們有發生性行為嗎？我感到很不舒服。」

「對不起！」林蒼又再度道歉。

「事發後。我的爸爸、媽媽帶我到教會求上帝的原諒，他們把我關在教會裡的一個小房間，可是我的想像，又讓我一次一次地自瀆我的身體，我無法禁止我不去想她……」

林蒼見小爾的左手腕部有一道又一道的刀疤，悄然問道：「是那時割的嗎？」林蒼見到小爾的刀疤有深有淺，有些是舊傷，有些是新傷。

「那時太痛苦了，我開始割手，後來……就習慣了。」

「小爾，有一位心理學家說，身體疼痛從開始到消失的過程，能製造情緒上的快感，疼痛結束的時候，會讓人感覺到舒適，形同一種獎賞機制，獎賞所得不僅是疼痛消失，還有隨後出現的快感。久了之後，就會習慣那個獎賞機制。」林蒼解釋得很小心，深怕自己又說錯話。他看著小爾，感覺小爾整個人的情緒是一團混沌，分不清那一團的感受是什麼？或者是小爾已經進入到過去的回憶了。

「小爾，小爾……」

「蛤！」

「你還好嗎？」

「沒事。」小爾接著說：「後來我出來了，老師也離職了，我有聯絡上老師，約時間見面。」小爾乾咳兩聲，喝一口水後，放下杯子，又再拿起來，索幸喝完杯內的水。

「你們見面了。」

小爾搖搖頭，「赴約的是師丈，他要我不要再想她了。」小爾看著那口杯子沉思著，沉思著那一天，出現的影像——

他也是這樣子的姿勢看著咖啡廳的那口杯子。

「你還年輕，好好讀書。」岑欣的先生婉言以勸，「這也是岑欣要我轉達的。」

小爾一直低著頭，不知如何面對著師丈，他不知道要說些什麼。他曾經幻想，要好好讀書，考個上大學，等著岑欣與師丈離婚，然後再和岑欣結婚。但是……當這一切被披露時，全都變調，變成了驚世駭俗的行為。

良久，小爾低語，「她還好嗎？」小爾接著低下頭。

「謝謝你的關心，她……她……」低下頭的小爾，聽見師丈改口，「岑欣老師，這陣子承受很大的壓力。」師丈接著說：「小爾，你……你能不能，喔不，是『不要』，不要再找老師了。」

「不要再有和岑欣老師見面的念頭，我知道這很困難，但你要做到。」師丈起身，「老師不會再找你了，我們準備移民到國外。」師丈頭也不回地喃喃，「我是心臟外科權威……可是我怎麼也不瞭解岑心的那一顆心呀！」師丈付帳離去了。

小爾看著師丈的背影離開咖啡廳，開門時，天色變得陰暗晦冥，烏灰濡濕的雲，沉重地移動，他聽到了淅瀝淅瀝的雨聲，是一種沉悶的、孤單的哭聲。

小爾吁口氣，從記憶中回到會談室，小爾對林蒼說：「師丈人很好，沒有責怪我，甚至怪自己只知道工作，而忽略岑欣。師丈說：『小爾，你還年輕，好好讀個念書。這也是岑欣要我轉達的。』之後，他們移民到國外了。」

「我應該感到快樂，可是我卻陷入深層的憂鬱……我很想再見到岑欣。她退了我的FB好友，我再也找不到她了。自她走了之後，我的靈魂缺一個口，我感到格外的寂寥。」小爾平平的聲調，完全看不出他的情緒。稍後，「我的FB只貼周華健的歌詞……」

「什麼歌？」

小爾深呼吸後，一字一句地唱——

夢
天長地久的夢
地老天荒還是夢
……
無法忘記
我不要夢到妳
不要夢到妳

小爾眼神帶著憂傷，看著已經被他喝完的空水杯，「心理師，現在如果可以夢到她，我寧願入夢，而且永遠不要醒來。」

「你的意思是離開世上嗎？」林蒼將自己的想法提出來，與小爾核對。

「這對我而言，是一個解脫。」小爾幽幽地說。

林蒼在筆記上快速地記上「有自殺意念。」林蒼又再次問：「這首歌的歌名是？」

「〈傷心的歌〉！」

「每個都會有喜歡的人，有喜歡的感情，那時候你尚未成年。」林蒼鄭重說：「小爾，這並不是你的錯。」這句話引起了小爾的注意，直視林蒼，說：「不是我的錯，就是她的錯嗎？」

林蒼斜眼瞟左手腕的手錶，時間到了，「我……」

「是她錯了嗎？」小爾打斷林蒼的話。

「這個……我看……我們下一回找時間再討論好了！」林蒼對於小爾的提問支吾其言回應。

「心理師，你覺得我愛岑欣有錯嗎？」小爾追問，「我愛岑欣有錯嗎？」

心理師的專業告訴林蒼，必須要維持住心理師與個案會談時的架構。他不斷地轉動手中的筆，聽到小爾的這句問話，林蒼皺起眉頭，吞一口口水清喉嚨，收起手中的筆和筆記本，他急於想要離去。他告訴小爾說：「謝謝你告訴我這些訊息，我會保守這個祕密，除了提供給醫療團隊參考，不會再向其他人透露了。」

「心理師，我……」小爾還想再繼續說這段往事。

「時間到了。」林蒼插話。

「我……」小爾欲言又止。

「我下回給你做個測驗。」他也不經小爾的同意，逕自要為小爾測驗。

「明天，我要出院了。」小爾語氣無奈。

「那個測驗，就安排在你回診的日子做吧！」

小爾離開會談室，一個人靜靜地坐在病房大廳，看著林蒼頭也不回地離去。隔天小爾出院了。

林蒼與小爾的會談日子到了，他帶著象徵心理師專業的黑色皮箱，裡面裝著測驗量表，林蒼一直沒等到小爾。隔天，他打通電話給小爾，卻沒人接，直到數週後……

「小爾，自殺了。」小爾的主治醫師說。

「什麼時候的事兒？」林蒼訝異問。

「〇月〇日。」主治醫師答。

林蒼算算日子，那一天是小爾回診諮商的前一天。林蒼思考，他後悔那天的反應，「小爾承受過的這些事，他願意對我分享，而我當時的反應……」林蒼的心似乎有些難過。

「是的，我們要控制自己的反應，真的很困難。」主治醫師說。

「我想，我真的低估那個難度了，用自以為是的專業掩蓋那個難度。」接著林蒼嘆一口氣，「唉！」

那天晚上，林蒼做了個夢，場景是那天的會談，同樣的會談室，同樣的小爾，同樣的林蒼，同樣的對話。

「心理師，我……」

「時間到了。我下回給你做個測驗……」

原本以為要結束會談的林蒼，驀地聽見，小爾幽幽道出：「我被困住了，我想要我的人生有更多的可能性，但我現在不敢再抱任何希望了。」突然他大聲咆哮，「為什麼……為什麼？你就不願意聽我說啊！」哭著說：「連最後一面都不願意見我呢？」

林蒼自夢中驚醒，黑暗中，他無意識地冒出，「時間到了。我下回給你做個……魏……魏氏智力測驗……」

林蒼聽見冷氣馬達聲，輕輕地轟隆轟隆兀自微響。林蒼驚訝自己的自言自語，以他的心理專業，他知道受到小爾自殺的影響。想到這兒，小爾無奈的面容又清晰地出現在林蒼的腦海中。

窗外是夏風微微的夜晚，輕送陣陣蛙鳴，只是……送不進密閉的冷氣房內！

06

固定的幸福

在我佇立的窗前
你是飄遙的雲
在我愛情的白卷
你是無水的彩筆……

怡凱總愛哼著這首歌[1]，這首歌的歌名是什麼？她老是想不起來，過去的記憶對她而言，她不愛想起，就算她想起來，她說了，別人也當怡凱是妄想，只有這首歌她似乎還記得完整的歌詞，能哼上個幾句——

以為會有曾經
卻還沒有開始
以為會有未來
卻只有孤獨的現在……

春天裡，黃色的陽光暖暖地翻騰在療養院的庭園裡。難得的陽光驅走潮濕的春雨，再過個幾日，這春天就要被加把勁的烈日化作熊熊烈火，豔夏就要來了。趁著春天還在這園子裡，怡凱徜徉在陽光下，若再遲一些，這春天就要消失了園子裡的一方草坪修剪得俐落平整，沒有莠蔓，怡凱懷著驚喜走上草坪，像是發現新大陸一般，她端詳園子裡的樹，頂著被修剪成一蓬蓬半圓的枝葉，她心想：「昨兒個，工友應當修剪過。」有深綠的，青翠的，也有淡淡棕黃的。天空很藍，疎疎落落的白雲在陽光下飄盪，緩緩飄近太陽時，雲兒會調皮地遮掩陽光，為前方的綠山覆蓋陰影，增添暗綠的顏色，就幻畫出淺綠、青綠、還有深綠，以及黑色點綴其中。

怡凱打扮得極盡精緻，或者是她的氣質，就有一種脫俗的美，歲月沒在她的臉上留下皺紋，一如她的回憶也沒留下什麼痕跡，只有依稀的畫面，就像是件補衣，每個補丁將過去磨損的衣洞給縫綴起來。怡凱願意穿這件舊衣，以求得舒適，畢竟穿新衣得熟悉它，而新衣也要熟悉人的身體，人不如故，衣不如舊，或許就是這個道理。舊衣上的補丁，東一塊，西一塊，過時一久，也不清楚補丁之前的樣子了，腦子只知道……好像曾經有過……就是這個「好像」，讓怡凱愛穿上舊衣，回想起過去，可是怡凱似乎也想不起來曾經的「她」，畢竟那個感覺只是好像的……朦朦朧朧的……只知道她的暱稱是C，真實的姓名是什麼？怡凱怎麼想也想不起來。對了！還有K，怡凱知道K就是凱，是C對怡凱的暱稱。C與K是戀人，是禁忌的戀人，在當時的年代是禁忌的。

回憶依稀是件好事，特別是對怡凱而言，也許是老天的眷顧，怡凱回憶C與K的曾

1 歌名：〈無水的彩筆〉。作詞：劉春蓉、蕭玉。作曲、主唱：史俊鵬。

經，好像是有些傷感，但那些傷感都被補丁補上了，所以多數盡是些五顏六色，色彩斑斑的畫面出現在怡凱的腦海中。

怡凱摘下太陽眼鏡，從皮包裡拿出一本泛黃的日記，在黃色的陽光下，益發顯得黃，怡凱翻閱日記，那是C與K的點點滴滴——

〇〇〇〇年〇月〇日，天氣：晴

秋高氣爽的時節。

我們展開了這個月的聚會，楓紅的時節裡，展書閱讀與聚會。這是我最開心的時候，又可以見到C。自從在〇〇大學參加文學系讀書會後，越來越喜歡C。她的臉圓圓的，笑起來她的眼和眉總是彎得恰到好處。

今天C說：「我親愛的朋友們，容我暫時丟下書本，來帶一個活動：用十二張的小紙片，請妳們寫下，妳想留給世界什麼東西。」於是大家開始寫了，我的筆在紙上快速飛舞著，要舞出自己最美麗的身形。很快地，大家寫完了。

C請伙伴將它們排列在面前，細看自己想要留給世界的東西。C說：「請將不重要的四張移開。」我很快地拿開了四張。

C說：「請將不要留下的三張移開。」

我很快地拿開了三張。

C說：「請將不要的兩張移開。」

我拿開了兩張。

C說：「請將一張拿開。」我們之中，有些人難以取捨。C又接著，「我看見了，妳們的不捨……」但C仍然要求，「我再說一次，請將一張拿開。」於是同學們緩緩地拿開了一張。只剩下兩張。

C說：「請拿開一張，保留最後一張。我知道，我也瞭解這是艱難的時刻，但我必須要這樣作。」C又對著大伙補充說明：「如果妳心中有不捨，看看是什麼讓妳不捨？」

終於大家決定了，要保留的最後一張，C對每一位同學說：「這一張是妳的人生中最珍貴的，最重要的一個價值。我不問妳們保留了什麼，我只想讓妳明白，取捨之間的糾葛。在這捨取之間，浮起的情緒是一種感受，結果是得？是失？其實放入在歲月的長河中，並不重要。這是一個過程，沒有標準答案。」

C問了大家的感受，並請伙伴們分享。分享完後，C說：「我想到弘一法師圓寂前，用盡氣力寫下了『悲欣交集』後，離開這大千世界，這四字是對他一生最好地詮釋了。此刻，教室外天黑了，秋風拂面，帶來清涼，冬天要到了，這一年冬天即將來臨。大家可以想一想要為今年留下些什麼？」C分享的是，「我想留下的是弘一法師說過的，君子之交，其淡如水，執象而求，咫尺千里。

問余何適，廓爾亡言，華枝春滿，天心月圓。

黑夜綿綿，在盡頭的一端是『華枝春滿，天心月圓』……」

我看著C，C也看著我，那天晚上課程結束後，我留在教室。C問我，「K，妳那十二張，寫的是什麼？」

「這十二張，每一張都是『C，我好愛妳！』」

〇〇〇〇年〇月〇日，天氣：多雲

天空多雲，雲總是愛千變萬幻，很大，很小；很近，很遠。不管雲怎麼變，雲那顆有愛的心，是不變的。昨天，前一年的最後一天，我寫下「超越自我，關懷弱勢」。原來我寫的是「關懷弱勢，超越自我」，幾經思索，我想「惟有精進自我的能力，才能發揮所長，進一步的達成關懷弱勢的目的。」所以改成了「超越自我，關懷弱勢」。接著我就進入夢鄉，在夢中跨年。

清晨五點廿分醒來，今天我要參加沙灘路跑。休養了一年，要再出發，在沙灘上跑十公里，我的號碼是〇六八號，上回參加路跑號碼是五六八號。

六八是吉祥數字。

天濛濛亮，我低下身子輕輕撫摸這雙鞋，繫緊鞋帶，這一雙鞋陪我走過許多地方，吹風，看海，鞋子總是我最好的伴侶，還有另外一個伴侶C，雖然她不在，只要當我心頭想著她時，她就在陪我了。

我心中默念著，「謝謝妳，帶我來。我與妳一起向前。」

海際，有些雲層，看來曙光是看不到了。可我知道，陽光在，只要我耐心等，陽光會破雲而出的。（就像是我期待的C，是一樣的吧！）

我遇見了一些跑友，寒暄幾句，他們都是這段跑程的好伙伴，有他們才有我，他們激勵著我，我也激勵著他們。高音喇叭聲響，終於開跑了，跑沙灘與跑平地不同，地面會有反作用力，反推著腳向前。沙灘上，若在沙上跑則會吸納住作用力，大腿的肌群要費力的提起腳；若在沙石上跑，則腳容易受傷，對於剛痊癒好的腳，得慢慢跑。

這實在是苦不堪言，初期還好，到了三公里處，覺得很累，很想走路，可是左右的伙伴都在奮力前行，我也就提氣前跑。我的腦中出現錯綜複雜的念頭，想到禪，數數，每呼吸一次就數一個數，每數一個數，C就出現在我的腦海中。

一個C。

兩個C。

三個C。

……

十個C。

接著又從一個C數起。配合著陣陣浪聲，數了無數個C，心定了，又能前行。

五公里折返處，我停下來喝口水，之前我超越了一位年輕人，在喝水的當下，我目迎著他，也目送了他。我抬頭遠眺，雲層仍遮住了陽光。我看著這雙鞋，輕輕說：「我的好伙伴，咱們繼續吧！」心中仍然是想著C，「親愛的C，妳在那兒呢？」

回程，我放慢速度，要調整身心狀況，這時我覺得我缺乏體力了，身體很疲憊，心頭很想放棄，但迎面來的跑友說：「加油！」為了這話，我又前進。七公里時，一個浪打來，鞋都濕了。若干年前跑二十公里，鞋沒濕，可是今年在十公里處卻弄濕了鞋。我的鞋沒說話，用行動支持我，繼續前進。我暗暗地說：「不管如何，不准用走的，辜負了這雙鞋。」

八公里有個補給站，我沒停，我調整呼息，肉體上的疲累到了極致，我看著海天之際，自言：「雲層慢慢散了，她會在終點出現。」想到這兒，我內心澎湃不已。

九公里，快到終點了，終點前有五百公尺是乾沙，跑起來很累，每跑一步，腳就陷進沙子裡，鞋也不好受，濕濕的，格外沉重，意志也弱了。

這時，有個老先生在他的運動衣後寫「我今年六十歲，仍有熱血，加油！」這位歐吉桑超過我，他輕輕地說：「小姐，妳的終點就在前面了。加油！」這句話，激盪著我的心，是呀！就在前面了。「終點會不會有她呢？」

雲層散了，我知道，陽光就要來了，一步一步，我聽見大會擴音機廣播：「六十八號加油！」

海面出現了金黃色的翻騰，雲層中，我已然看見了……我知道……我知道，原來陽光不曾離開，一直都在等我。此時，大會播音傳來「恭喜六十八號選手完成沙灘路跑。」

突然有個人拍了我一下，我轉過身，緊緊地抱著，「我就知道妳一定會來。」C圓圓的笑臉，給我一個深情的擁吻。在新的一年的第一天，我擁有C的吻，臉上是汗水，是淚水，都不重要了，我擁有C的吻。

怡凱抬起頭，看看金黃色的陽光，這是黃昏時的陽光，光度像極了那天路跑時，起跑時的亮度。只是那時的亮度，是愈來愈亮的，而黃昏呢？會慢慢地暗下去。她幽幽地嘆一口氣，「唉！還是過去美好。」又再繼續閱讀過去的記憶。

○○○○年○月○日，天氣：雨

快過年了，過年的水餃，是我的最愛。有情感，有記憶。

記得在小孩子的時候，爸爸帶著一家人到餃子館，吃餃子，那是我最開心的日子。那時水餃一顆一元。吃得肚子圓滾滾的，吃得開心。

後來，這家店不開了。心中頗為惋惜。爸爸常常包水餃。有時一早上市場買高麗菜、五花絞肉。我喜歡聽菜刀切在菜上的聲音；光是切還不夠，菜要細，就得用剁的，剁得細細的。於是房裡都是剁、剁、剁的聲音。

切完後，白白綠綠的細菜上，加上鹽，爸爸會拿白色紗布，用它來瀝乾菜水。還得灑上蔥花、蒜泥、細薑，加上鹽、醬油、香油及烏醋，開始和著絞肉攪拌，在這時餡香就跑出來了。之後要晾著，拿出原先預備好的麵團，開始擀餃子皮，右手轉擀麵棍，左手轉著小小的麵團，一下子就出來一張圓圓的餃子皮，等數量差不多了，開始包水餃。如果皮不夠，就要邊擀邊包。左手放著麵皮，加上適量的餡，麵皮邊緣沾上水，左右手食拇指同時用力捏好一顆圓圓滾滾、飽飽滿滿的水餃。難怪過年時，水餃又叫元寶。

爸爸包的是大餃子，吃上幾個就飽了。在物質不充裕的年代，小孩子要發育，爸爸總要要我們使勁吃。開動前，當小孩的就只有一件事情要做，碗中放上蒜頭，用擀麵棍將蒜搗碎，最後加上醬油、香油，滴上點醋。就是水餃的最佳佐料。

等水煮開後，放下水餃，水滾了，餃子在鍋中翻來覆去，上上下下，再加上冷水，反覆三次，撈起來後，就是一盤盤可口的水餃了。

現在父親年紀大了，行動不便，水餃都買現成的，吃的時候……反而有些淡淡的哀愁。追憶兒時的時光，我知道它已經是記憶的一部分了，走筆至此，心中愀然。

那天，我親自包水餃，試圖藉由包的過程與過去的歲月連結。與自我對話，想我腦海中的父親……想我孩提時的模樣……父親教育程度不高，平日話語不多，也不與孩子親近，但餃子卻是我與他的一個連結。面對時間光景，總有一些畫面浮出，但人是回不去了。

我唯一可做的是在包餃子的過程中，追尋我與父親的連結，我發現我保有了他的點點滴滴，保有父親從大陸到臺灣，在舉目無親面對困境時的韌性與毅力……唉！爸爸是對我有些期待，期待我嫁個好人家。而今他的期待落空了，我逃離了家，逃離了他。已多年沒再見過他了。算算父親，今年應該八十五歲，我得到的消息是身體尚可，惟血氣日衰。

今天吃著水餃，想起爸爸，我哭了。C安慰我說：「丫頭！別哭，妳仍然是爸爸的女兒。」

〇〇〇〇年〇月〇日，天氣：雨

茶葉蛋。C會煮茶葉蛋，味道會透入到蛋裡。

C說：「選茶葉蛋，要挑有裂縫，煮得熟透，黑亮的蛋。吃起來才夠味。茶葉蛋的作法也很簡單，只要茶葉蛋滷包、雞蛋、鹽。先將水加上鹽，然後煮蛋，熟了之後；再加上茶葉蛋滷包，醬油，當然也可以加上一些你喜愛的茶葉。」C又說：「在這個過程中，有一個很重要的程序。蛋熟了之後，泡在冰水，這是為了讓蛋殼比較好剝。要小心地用湯匙背面去敲出裂縫。有裂縫，味道才會滲進去。悶煮一小時後，轉小火慢烹。最好是放一個晚上，才會夠味。」

以前，不清楚茶葉蛋特點，以為沒有裂縫才是好蛋。那時認為外殼完整無缺，才最棒。可是吃了之後，卻大失所望。有一陣子，我很討厭吃茶葉蛋，只覺得如同口感似蠟一般的平淡。

有一回，還沒和C住在一起時，我們出遊，到某個風景區，遇到了一位賣茶葉蛋的阿婆，我們買了茶葉蛋。黑黑的，而且裂了許多縫的蛋。是看在阿婆年紀大的份上買，剝開蛋殼，聞到一股香味，深深地吸引了我們。蛋的顏色是黑亮的，咬了一口，很有咬勁，舌的味覺告訴我，味道進去了，甚至連蛋黃也浸入茶葉香味。於是我們又向阿婆買，口中塞著，手裡剝著，約吃了七、八顆蛋。阿婆笑得開心，我們吃得快樂。

此後，我愛上了茶葉蛋，也更能從茶葉蛋中，體會出人生「浸入」的道理。

人一出生，會逐漸形成外在的保護殼。如果要做個夠味的茶葉蛋勢必要敲裂蛋殼浸入滷汁，過程緩慢細心，不能太大力，一點一點地輕敲，再加上足夠的浸煮時間，才能滷出一顆美味的蛋。

C的茶葉蛋……暖暖的，溫溫的。我喜歡C為我剝蛋殼，一枚坦然烏亮的蛋。

C吃一口，我吃一口……

怡凱，看到這兒。起來活動了身子。徜徉在這療養院的庭園中。太陽暖暖的，她看看周遭的病友們，有憂鬱症的、轉化症、強迫症……太陽都一視同仁地給了每一個人溫暖，就像她記憶中的「C」一樣，接近她總會感到溫暖。她喜歡C，期待C，期待C與K的結合，在那個年代裡，怡凱就只能將那份思念化作文字。這或許是怡凱特別喜歡文字的原因吧！過去的回憶是模糊的，但文字卻把模糊清晰化了，當感覺過去的回憶又模糊，像是進到重重霧裡時，怡凱總愛再拿出她寫的文字，閱讀每字，每句，每段……讓霧再散去，每一回她寫完後，她會放著，放個一天，再拿出來閱讀；放個一週，再拿出來閱讀；放個一個月，再拿出來閱讀，日日月月，歲歲年年，她總愛再次翻閱日記——

〇〇〇〇年〇月〇日，天氣：陰

終於——

C和她先生離婚了。我的情緒很複雜。結束一段關係，不論這段關係是好，是壞；是歡喜，是厭惡……總會生起惋惜，無奈，難過，甚至會恨上自己，為什麼要離開對方？

C的先生人不錯，他倆人是協議離婚，離婚後，她先生到國外做短期研究一年，他告訴C：「這一年她可以慢慢地搬東西。」

C說：「以我對他的瞭解，一年後，他回國，這間屋子，會被賣掉。」C又說：「搬家的過程，也是個療癒，從有到無，再由無到有！」那天C喝了酒，醉言中說了許多有關搬家的事——

搬家是一個失落。找搬家公司，聯絡事宜、打包家具、處理雜物，什麼東西該送人？什麼東西該丟掉？

是整理！是結束！心情呢？沉重、無奈、哀傷，也許會有憤怒。

好的、重要的、值得珍藏的，會被帶走。次級一點的，還可以用的，被送走了。再次級的……也許，就進了垃圾場。

留下來，被搬到新家的家具，會說：「主人是我一輩子的最愛，我會一直陪著他。」

被送出去的，轉手到新家的家具，會說：「主人曾經愛過我，但他把我送給了別人，看著主人離去的背影，我很難過。但我也很害怕如何面對新的主人？」

被丟進垃圾場的，會說：「主人曾經愛過我，但我已燈滅油盡，這一生已足夠，主人陪我到最後，親自將我送離了，謝謝你，我愛你；謝謝你，願意讓我這一生可以愛你。」

每一個關係都是獨特的。包括和屋子的關係。搬家是一個失落經驗，會衍生出來一些失落情緒。

家已離去，只剩空蕩蕩的屋子。C說，我知道——

搬家之後，會是新的開始。

搬家之後，會是生活的另一章。

就像是走在人生的轉彎處，要轉過去之時，別忘了放慢，向後瞧瞧……深深地鞠個躬，輕輕地說：「謝謝！再見了。」

那天晚上，C喝醉了。

看到這兒，一片雲飄到太陽的方位，遮住了陽光。怡凱抬起頭看著那一片雲，有潔白的，有被陽光染成霞紅的，也有陰暗的。

若干年後，怡凱和C在一起了，怡凱一直相信，在這個世界上每個人都是圓的一部分，是個缺陷的圓，另一個伴侶，也是一個有缺陷的圓，只是伴侶有時會在眼前，有時又在天邊，只有幸福又有耐心的人，才會找到命中注定的伴侶合成一個圓滿的圓。怡凱相信眼前的C就是自己苦苦追求和等待的人生伴侶。怡凱喜歡當C在書房備課，累得趴在書桌睡著時，關上燈，點燃殘燭，端著微微燭火，躡足地走到C的面前，舉燭照著她的臉，看著那張睡著的臉，忍不住流下愛的熱淚。她就是怡凱日夜期盼的人。怡凱翻閱日記——

○○○○年○月日，天氣：晴

我們終於在一起了，討厭師生戀的人，討厭老少戀的人；或是那些帶有歧視，然後又假裝自己可以接受任何一種形式愛情的人，你們聽清了，不管是誰？我要大聲地說：「我們終於在一起了。」

當我們坦然
我在妳的身上
妳在我的身上

當我們擁抱
我進到妳的身子
妳進到我的身子

當我們融合
我融入妳的身子
妳融入我的身子

這本日記寫到這兒就結束了，這一天的紙箋旁出現了撕痕。

怡凱和C同居，沒有任何婚禮儀式，在那個年代，沒有同性結婚的概念。就是小倆口為自己祝福，當自己的見證。同居之後的怡凱總愛在黃昏時分，在院子裡，偎在C的身子睡著了。直到黃色的陽光漸漸消失，那輪紅澄澄的太陽，被黑暗趕走。房子、籬笆，所有的東西，所有的顏色黯淡下來，只剩下深淺不一的灰色陰影，黃色的街燈睜開眼，一隻夜鶯唱起歌。

怡凱感到幸福。自那天起，那個幸福就固定在她的心了。買菜如此。溜狗如此。只不過，有一天C不見了，事實上是怎麼回事？怡凱，也不清楚！或者是C的不見是個重大的衝擊，狠狠地撞擊了怡凱的心。心的痛痛到了極點，就會忘記一切，就會逃避一切，心的保護作用讓人只記得一切都是依稀的，好像……有過，但又像沒有過，再不然就是心的運作，把記憶重新組合，補補貼貼成了一張拼貼畫，拼貼上自己想要的，甚至是需要的。合理不合理，邏輯不邏輯……心是不會在乎這麼多的，怡凱的心……或是你的心，我的心都只有一個使命要好好地保護心的主人。

旁人總感覺這一切是她的妄想。為此，怡凱到精神科就診，醫師將怡凱轉介心理師，心理師覺得這是她的妄想，心理師和精神科醫師討論後，醫師最後下的評估診斷是「情感性思覺失調症」。

怡凱的病情，愈來愈嚴重，終於被送進精神科醫院。住院後的怡凱，仍保持她一貫的優雅，狀況好時，仍然寫她的日記，曾經有過這樣的記事——

〇〇〇〇年〇月〇日，天氣：晴

想念妳在山路間，如風馳般的前奔，縱有不捨，也只能將思念，寄託於山風。可是我想問問山風能否追上妳的速度？

想念妳在月光中，如潔白般的純淨，縱有不捨，也只能將思念，寄託於明月。可是

我想問問明月是否看得見月光下的妳？

我的想念在微風中

我的想念在月光裡

我的想念更在心裡……

縱有萬般不捨……而今

我只能對風說：「C，我想妳！」

我只能對月說：「C，我想妳！」

我只能說……

只能說……

說上百遍

說上千遍

甚至，甚至

我已經說上了萬遍

我

想

妳
如果想妳是一種幸福，請把我固定在幸福上，在這個幸福上，我想問的是：「C，妳有想我，想妳的K嗎？」
妳曾經要我寫下，我想留給世界上什麼？
那天深夜，沒有月亮，沒有風來，在妳經常坐著的書桌上，只有一盞昏黃的燈，正對我傾訴思念妳的孤獨。如果妳要再讓我寫下這個問題的回答，我會在孤燈下寫：「等候C的人，在深深的夜裡。」

或許這是怡凱的自我安慰吧！她常常安慰自己，「等等，C就回來了。C、K是在一起的。」當一個人被貼上精神病的標籤後，當事者的世界，當事者的文字，旁人是不願意去探究的。就像是曹雪芹在《紅樓夢》寫的——

滿紙荒唐言
一把辛酸淚
都云作者痴
誰解其中味

怡凱的心底世界，無人可解，加上她在精神科就診，貼上了精神有問題的印記，更沒有人願意去理解她了。

歲月，走過了若干年。

那個幸福仍然固定在怡凱的心頭上，她仍然說：「等等，C就回來了。C、K是在一起的。」

後來，怡凱穿上名媛才會穿的衣服，告訴她的主責護理師，「前陣子，許多攝影師為我拍照，我還上了許多雜誌封面，參加過無數大小的晚宴。」

「是嗎？」護理師回答。

「妳知道嗎？C最喜歡我這樣子的打扮。」

歲月，又走過了若干年。

怡凱從綜合醫院的精神科病房，轉到精神科專科醫院，接著又轉到了療養院。「護理師，我跟妳說喔！等等，C就回來了。」她仍然笑笑地期待，「C、K是在一起的。」

夕陽下，黃紅色的陽光暖暖地翻騰。值班的護理師端著藥盤和水，到怡凱的身邊，陽光染得護理師白色的制服變成了紅色的。

「怡凱，吃藥了！」

「好。」

怡凱吞藥，喝水。

「謝謝！」怡凱給護理師微微一笑。

護理師餵其他病友服用藥物。怡凱感覺到那個幸福就固定在她的心，自言自語地說：「等等，C就回來了。」

「好了，天要黑了，我們要進屋，準備用餐了喔！」護理師高喊。

病友們一陣騷動，慢慢離開院子。

怡凱告訴自己，「等等，C就回來了。C、K是在一起的。」

「怡凱，準備吃晚餐了喔！」護理師高聲提醒。

怡凱轉過頭，對護理師點點頭，「知道了。」她整理自己穿得如名媛一般的衣服，拿起包包，走幾步，驀地想起，自語道：「啊！那本雜誌忘了拿。」怡凱轉身走回去。

護理師走近怡凱，怡凱拿起發黃的雜誌，小心地拍拍上頭的灰塵，看看自己身上名媛一般的衣服，又看了雜誌封面的奧黛麗赫本。

「怡凱，進屋了喔！」護理師輕聲地提醒，看了一眼怡凱手中的雜誌，「這是什麼？」

怡凱拿著雜誌給護理師看，微笑地說：「護理師，妳看我都沒變。」

「是呀！妳都沒變。」這句話是護理師的讚嘆，事實上也是如此，怡凱的外表和氣質與一般病友完全不同，精心打扮後，也如同影視明星。

「護理師，我跟妳說，C看到了我上封面雜誌，等等，她就回來了。C、K是在一起的。」

「在等C回來之前，我們先吃飯喔！」

「好。」那個幸福固定在怡凱的心，不曾離去，她對護理師說：「我好幸福喔！」洋溢在怡凱臉上的那一抹笑容像極雜誌封面《羅馬假期》劇照中的奧黛麗赫本，是金黃陽光般明媚溫暖的笑容。

護理師微笑地牽著怡凱的手，倆人說說笑笑，都沒有注意到一張撕了的紙箋和一張剪報，自奧黛麗赫本飄了出來，落在暗綠色的草坪上，院子裡黃色的立燈剛好照著張撕了的紙箋——

黑夜的盡頭　有黎明前的黑暗
畫畫的盡頭　有著最後的一筆
故事的盡頭　有結局
我和妳的愛情的盡頭
是……
濕濕的
涼涼的
天雨了

淚流了

至於那張一方剪報，年代久遠，已經發黃，鉛字模糊，恰巧落在紙箋旁，依稀可辨識的報導內容——

〇〇地檢署檢察官今日相驗，〇〇〇，女，大學教授。疑似同性戀，因情感之路不順，情緒鬱結，飲酒過量墜樓，以致出血性休克身亡，情緒悲痛的前夫〇〇〇教授到場，流淚不語。死者家屬對死因無意見，檢察官將遺體發還給家屬處理後事。

柔柔的夜風吹來，這兩張紙片如彩蝶在夜空裡，翩然地飛起來。在春天的夜裡，怡凱正屋子裡，看著玻璃窗上畫著兩隻彩蝶，自語：「等等，C就回來了。C與K是在一起的。」一時間，她覺得彩蝶微微一動，怡凱揉揉眼，一雙美麗的眸子定睛一看，固定在玻璃窗上的兩隻彩蝶翩翩，忽上忽下，她唱起了那首歌[2]——

2 同前註。

啊　這世間的情
啊　這世間的愛
叫我　怎能釋懷
叫我　怎能釋懷
　　　怎能釋懷

07

報案

風來了！

風去了！

風中有個聲音，是個思念的聲音。微微的風，是思念；疾勁的風，是思念；狂暴的風，也是思念。思念那個曾經，曾經發生過，而今卻又找不到的。風，就這樣吹著，吹來了，又吹去了。永遠不停的來來回回。久了，那個記憶……就像是風一樣，來去無痕，儘管，風會掀浪，折樹，可當風要走，任誰也留不住，只是一片依稀的記憶。窗外的夜好黑，好喧囂，是風來了。風滿山，風滿樓，風滿庭，而風更是滿上了天。

風帶來追憶，讓阿麗追憶著她的孩子以格。但追憶也像風，拂過後，仍然是一場空。以格，小時候，阿麗就栽培他彈琴，希望他能成為一名音樂家。但他在世上，只活了十七年。像是風來了，又去了。

阿麗的氣質是和別的病人不一樣的，其他人入精神科急性病房時，通常是蓬頭垢面，但阿麗不同，那天是個雨夜，天涼涼的，她穿了淺粉的浮雕式的毛衣，遮掩了她過於纖細體態，未施胭脂，給人的感覺是——一點也不覺得她的生命即將步向半百。護理師小萱接阿麗住院時，阿麗一直說：「護士小姐，風來了，妳有聽見嗎？以格就在裡面。」

說完後，阿麗像是在參加音樂會一樣，聆聽樂曲，陶然自得的模樣，也隨之哼起——

我奔走大道上
一條日光的大道上
我奔走在日光的大道上
啊……
Kappa Kappa　上路吧[1]

阿麗住進醫院，總是靜靜地坐在大廳，喜歡曬著隔窗透進來的陽光，有時會閉起眼，似乎在思念某個人的模樣。可是只要到晚上，打電話時，她就會打0920040402……可是這隻電話是無人使用的空號，接著電話另一頭就傳來「This is a wrong number. Please check up and take the telephone number again.」

「Please, don't say English again. I am your mother.」阿麗的外文能力很好，隨後又對電話說：「跟我說句話吧！」

後來，阿麗超過電話的使用規範，電話卡被沒收了。

「為什麼要沒收我的電話卡？」阿麗情緒很激動，「我要打電話給我的孩子以格，你們沒有權力禁止我打電話。」並拍打護理站的強化玻璃。只見男性工作人員衝進來，

1 曲名為〈一條日光大道〉，作詞：三毛、作曲：李泰祥。

將阿麗約束在病床上送進保護室。保護室內一片綠色，為了防止病人衝撞，牆壁全貼上了泡棉，阿麗一個人在保護室內，像墳墓般的寂靜，自語：「你知道嗎？你小的時候，只要我呼喚你的名字，你就會醒來，不論你睡得多麼深沉。」阿麗開始呼喊，幾乎是要掏出心肝肺般地呼喊著。後來，針劑發揮效用，阿麗累了，眼皮子緩緩垂下，小萱進到保護室，探視阿麗，只見淚流整個枕頭，小萱心生不捨，伸手撫慰阿麗的額頭，阿麗閉著眼，似在作夢，說：「思念你是一件我無法抗拒的事，假如那是一種過失，請你寬恕。」

有一天阿麗坐在病房大廳看新聞，電視臺為失蹤兒童做了專題報導電視新的主播表示——

協力蒐尋的警察在受訪時語重心長表示，每個失蹤兒童對於家庭都是一個巨大的衝擊，這些年看盡許多家庭悲歡離合，令他印象深刻的的失蹤案是在前年發生的一名十歲男童小景（化名），跟爸媽說要到巷口商店買飲料，這一去就再也回不來了。父母、親友著急找尋他，但不管怎麼找都找不到，巷子口的監視器只有拍攝他進出的畫面，買完飲料出了巷子，就不知去向，小景的失蹤成為謎團……

阿麗看到電視畫面出現小景的媽媽哀傷的表情，妄想生起，她耳畔出現另一個聲音，「阿麗，我們可以請警察協尋以格。」

「是嗎？」

「可以呀！他們都可以幫助小景的媽媽找到小景。」

「好。」

那個聲音催眠阿麗，她緊捏著私藏的一張電話卡，躡躡地踅到公用電話——

「一一〇報案中心，您好！很高興為你服務。」

「警察先生，我的孩子失蹤了。」說話的是阿麗，怯怯的聲音，淒涼的聲音，聽起來有滄桑衰微。

「怎麼一回事？這位太太您能不能再多說一些？」

阿麗哭了。

這時電視臺的主播又說——

由於沒有小景的音訊，心碎的父母無計可施，只好在警察建議下留檢體進行比對DNA。隨後強烈颱風來襲，有人發現無名兒童屍體，警察進「無名屍體檔案資料庫」逐頁瀏覽查詢，這具腐爛無名屍與小景年紀雷同，於是比對小景父母DNA，證實該具無名屍就是小景。

「太太……」警察心裡覺得怪怪，又改口，「這位女士，您別哭。」她聽到電視臺的主播說：「在警方的努力下，小景終於可以回家。」阿麗腦海的聲音又說：「妳就是這樣，快別哭了，趕緊和警察先生說呀！」阿麗拭淚水，對著話筒，「你可以讓我的孩子回家嗎？」阿麗哽咽說道。

「這位女士，您先別急，您的大名是……」警察安慰。

「我叫阿麗。」警察記下了她的名字，立刻啟動追蹤系統。

「阿麗女士，我們會為您處理？您告訴我您在那兒？」

「我在……我在……這裡有鐵窗鐵門，他們不讓我出去……不准我打電話。」

警察急了，追查電話來源，發現是使用公用電話打的，警察心想，「這年頭，有公用電話的地方不多了。」隨後，一一〇的警察通知派出所警員——阿源。

「剛剛有一通電話，是自〇〇路〇〇號，聽她的聲音像是一位老太太，她有點狀況，請貴所立即派員處理。」

「好。」

派出所出動了警車，找到地點，赫然發現是〇〇醫院。阿源和他的學弟覺得奇怪。

「是醫院呀！」阿源說。

「學長，這年頭誰會用公用電話？如果有公用電話，應當是在戶外。」學弟打了個哈欠，「是不是惡作劇？」

「下車，我們問問門口的保全。」兩人下了警車。

「保全先生，醫院哪兒有公用電話？」阿源問。

「現在都嘛用手機了。」保全回應。

阿源看著門口就診的人進人出，對保全說：「剛剛有人報案。」

這時有位資深的保全人員走過來，聽見後，說：「有，我知道哪兒有公用電話。」

兩位警察睜著大眼，異口同聲，「在那兒？」

「精神科急性病房，6C病房。」

保全帶著兩位警察到了6C，保全通報護理站。小萱讓警察進到護理站，兩個警察透過強化玻璃，目視病房，看到精神科病友正在大廳看電視，病友們紛紛投以好奇的眼光，其中有一位是坐在輪椅被約束的阿麗，似乎不在這個時空裡，兀自地哼歌。阿源和學弟注意到鐵門旁正好有位莫約四十多歲的男病友邊打電話，邊注意著護理站，冷不防地將藏在口袋的麵包，趕忙地全部塞進口中，含糊說：「媽媽……妳什麼時候來看我？我會好好聽話的……我想出院，」這一幕全阿源和學弟看見，學弟瞪這位病友，男病友與學弟的眼神相對的瞬間，話到嘴邊，「妳快帶我出院。」口中含著大塊的麵包，又感覺警察惡狠狠的凶樣，心頭一急，話說不清，麵包哽住，猛烈地咳嗽。

小萱見狀推開了阿源和學弟，衝到男病友旁，大喊：「你是不是噎到了？用力咳出來！」

男病咳半天，咳到臉色發紅，呼吸困難。學弟高喊：「拍他的背部。」

「不能拍背。」小萱大吼，「你們到一邊去。」學弟一緊張，拿出配槍，阿源見狀制止學弟的動作，趕忙拉著學弟閃到一旁。

小萱衝到護理站拿起電話，按下全院廣播，語氣焦急，「6C，999；6C，999。」又衝回男病友身旁施行哈姆立克急救法，大力急按男病友的腹部，男病友全身癱軟，似乎沒了呼吸。不到三十秒，大批護理師及急診醫師衝進病房，一個個神情緊張。

「怎麼會有警察？」一位資深的護理師下命令，「保全，叫他們到一邊去。」

「我們已經到一邊了，還要去哪一邊？」學弟嘟囔著，「難道是臺灣中國，一邊一國喔！」說著自以為幽默的玩笑話。

「你少說兩句。」阿源嚴聲斥責。

保全將兩位警察拉到另一邊。

急救的護理師量不到男病友的脈博，馬上進行心臟按摩。莫約一分鐘後，男病友身子一陣一陣地抖動，阿源的學弟探頭，「學長，有氣了喔！」阿源白學弟一眼，心中大罵：「幹！什麼我有氣了！」

「快送急診。」急診醫師吼著。

護理師們立即推來病床，眾人齊力，將病人搬上病床，急忙地推往急診室。

小萱仍心有餘悸，看著男病友被推走。

「好險！」阿源學弟說。

「你們倆人，還在呀！」小萱沒好氣地說：「有什麼事嗎？」

小萱忙著病房的事，病房此刻一團亂，心理師、職能師在安撫病人。只見大廳的病人七嘴八舌地說：

「剛剛好可怕。」

「怎麼會講電話，到一半變成這樣？」

「好像，剛剛他在偷吃東西，被……」說這句話的病友將目光投到阿源和他的學弟，隨後又收回目光。

在角落因為亂打電話給一一〇，被約束地阿麗卻不為所動地唱歌。

保全大聲嚷嚷，「好了，好了，把大廳整理一下。」

等過一會兒，小萱忙了一個段落後，阿源對小萱說：「剛剛有一位老太太打一一〇，說她的兒子失蹤，她被其他人拘禁了。」

「你講的是阿麗。她不是老太太啦！就是坐在輪椅上的那一位。」小萱指著大廳角落，「就在那兒。」

「她看起來，就像是三十多歲的女子，甚至還更年輕一些。」學弟仔細觀察阿麗。

「阿麗的年紀已經是中年人。」小萱說。

「喔！對不起，我們誤會，以為是老太太，應該就是她。」阿源道歉。

「你們幹嘛綁著她。」阿源的學弟突然冒出這句話，阿源和小萱同時白了他一眼。阿源曾上過精神科醫師的課——「遇到精神疾病患者，警察該注意的事項」，他對學弟的說話，感到不好意思，趕忙糾正學弟說：「這是治療。」阿源壓低聲量，「你不懂，就別說話。」

學弟自討無趣，經歷噎到事件，又被學長糾正，心頭不爽地退到阿源的後方，滑起手機了。小萱緩和一下情緒，解釋，「這故事有點長，原本我們是沒管制阿麗使用電話卡，只是阿麗老愛打0920040402……，但這個號碼是空號，她一直佔用公用電話在講話，我們沒收她的電話卡，沒想到她私藏一張，打給一一〇求助了。」

「這隻電話，對阿麗是有特別的意義嗎？」

「阿麗的孩子以格，剛滿十七歲，到臺北念音樂班，阿麗特別為以格辦了一隻手機0920040402……」

「09……」阿源習慣性地紀錄。

「09……2004……04……02。」小萱的斷句，讓阿源感覺這組號碼是有特別意涵的。

「這代表了什麼？」

「以格是二〇〇四年四月二日出生的。」

「哇！」阿源心想，「阿麗真是有心啊！」

「後來，以格搭上了那班太魯閣號……逝世了。」

「等等……那天也是四月二日。」阿源感到不捨，「二〇二一年四月二日，以格十七歲的生日。」阿源心想，難怪阿麗會承受不住這樣的打擊。

「阿麗，她不願意接受這個事實，認為孩子還在，只是出去玩了。後來，阿麗精神有異，並且自殺，被先生送到我們病房。阿麗一直打孩子的手機號碼，手機回：『This is a wrong number. Please check up and take the telephone number again.』阿麗老是說：『孩子，你為什麼每天都說英語？媽媽想你。』後來，醫師禁止她使用電話卡，不准她打電話，她就到處撥打免付費的電話……」

阿源看著阿麗，「原來如此。」瞭解醫師為了要糾正阿麗打電話的行為，以約束作為處遇。阿源仔細地看著阿麗，突然想到火車出事後幾天在殯儀館，阿源和其他員警站在列子裡，迎著從花蓮回來的亡靈，有位被人攙扶，淚流滿面的媽媽給阿源很深的印象，交通部長來的時候，她對部長泣訴：「為什麼是我的孩子？三年前，血的教訓還不夠嗎？三年後又來一次。你們告訴我，到底要死幾個孩子，你們才夠。」部長及政府官員無言以對。那段畫面被媒體拍攝傳送出去，一次又一次地播放，引起社會輿論撻伐，原本說要等到救難結束後再請辭的官員，三天後在媒體上宣布，「本人將負起政治責任辭去一切職務。」對著鏡頭深深一鞠躬。阿源心想，不知道阿麗有沒有看到這一段，就算看到，恐怕也是痛心吧！「千喚萬喚，也喚不回以格。」阿源沒想到坐在輪椅上的阿麗，正是那位淚流滿面泣訴政府的媽媽。

小萱又說：「阿麗說以格是很貼心的孩子，他想回家看阿麗，本來是買不到座位，阿麗心疼以格要一路站回來，本來告訴以格搭有位子的列車回來。但她也很想念以格，就沒有堅持，只提醒以格要注意安全。」小萱停了一會兒，「以格站的車箱正是那列火車的第八車箱。」

阿源心頭生起一股難過，隨即壓抑下去，「好的，沒事就好。」

小萱繼續整理要發給病人的藥物，阿源的學弟仍在滑動他的手機。

阿源對學弟說：「走了。」阿源見學弟沒有答話，且逕自轉過身，學弟的手還是在滑動手機。阿源搖搖頭。保全領著警察們離開前，阿源轉過頭再看阿麗一眼。

約束阿麗的時間結束了。小萱為阿麗解開束帶時，阿麗哼唱——

啊　Kappa

上路吧　雨季過去了

啊　上路吧

「好聽！好聽！」小萱讚嘆，並為阿麗解開約束，阿麗得到讚美，情緒緩和了，她起來活動她的身體，「剛剛這裡好熱鬧。」

「妳不怕嗎？」

「不怕。」阿麗強調，「我唱以格愛唱的歌，就不怕。」阿麗哼唱——

啊　Kappa
上路吧　雨季過去了
啊　上路吧

「Kappa是什麼意思呀？」小萱問。

「Kappa是日本作家芥川龍之介的小說——《河童》，主角河童就叫作Kappa，也稱之為水虎，活在黑暗世界的人。這首歌的詞是三毛寫的……」

「三毛，三毛是不是寫撒哈拉沙漠的作家，後來自殺的那位。」小萱插話。

「護理師，妳這麼年輕，也記得有這位作家呀！」阿麗像是得到知己一樣地快樂，小萱顯得有些不好意思。阿麗繼續，「三毛希望河童能快樂一些，她在填詞時，就寫下Kappa早日上路吧！雨季過去了。」

「以格是個怎麼樣的人？」小萱充滿好奇，不過她又擔心，「如果，妳不方便講，不說也可以。」

「他是個很貼心的孩子。」阿麗沒多想，直接地回答。阿麗又說：「已經好久沒有人願意與我談這首歌。」這時的阿麗是一位開心的母親，「以格知道我喜歡這首歌，他就練這首歌，並把這首歌列作他參加鋼琴比賽的自選曲。」

「是喔！」

「那時他還在讀國中，他還得到音樂獎喔！」阿麗驕傲地回答，接著繼續，「《河童》這部小說是芥川龍之介在出現精神症狀時寫的，其實河童源自於中國，是民間傳說中的鬼怪。據《水經注・沔水》記載，水虎外表看起來類似三、四歲的兒童，身體有堅硬鱗片，弓箭無法射穿的，通常潛在水中，只露像虎爪的膝蓋在水面上。他應該是個不快樂的孩子。芥川龍之介以精神病的角度寫的小說，寫完後不久，服藥自殺，只活到三十五歲，妳剛剛說的三毛，最後也是用自殺結束自已的生命。好像這些人的氣質都帶有憂鬱。」

話匣子一打開，就收不回來了，小萱也趁機多聊了以格的事兒。阿麗談到以格出事前，正準備參加音樂比賽，他的鋼琴自選是莫札特的〈安魂曲〉。

「莫札特是音樂神童吔！」小萱說。

「是呀！」阿麗接著說：「以格彈奏這首曲子時，壓力很大，整個人都陷入憂鬱的情緒。」

「怎麼不換曲子？」

「他投入太深了。」

阿麗回想這是她和以格最後面對面談話時，以格告訴阿麗莫札特的死和〈安魂曲〉

的創作有關。雖然人們對這位音樂神童的死因有百百種猜測，有的是說被同僚所殺，被妻子毒殺，被共濟會成員所殺，得到梅毒……說法不一。阿麗緩緩敘述——

莫札特是天才型的音樂家，有音樂神童之稱。小時候，全歐洲上流社會貴族們爭相邀約他演出，代表貴族的象徵表是自己是有文化，有涵養的世家。

莫札特的父親，自然就有了另一個身分，就是莫札特的經紀人。他的父親除了音樂之外，其他的學科不讓莫札特學習，所以莫札特只懂音樂。莫札特長大後，脫離父親，開始過著放蕩私生活的日子。自少年就得到皇親國戚的掌聲，莫札特自視甚高，眼高手低，在工作上屢次碰壁，而且累積了許多債務，生活困苦，身體也搞壞了。隨著歲月的流逝，莫札特常常一個人沉思，懷念過往的名氣，沉浸在自己的想像裡。

直到有一天——

「主人，外頭有人拜訪您。」老管家說。

「喔！」莫札特很好奇，自從放浪他自己，千金散盡後，已顯少有朋友來訪了。莫札特透過窗子，看到一輛馬車停在屋子門口，有位訪客。他的衣著華麗，帶有幾分神祕的感覺。

「領他進來吧！」

老管家帶著那位訪客進到屋子。寒暄後，訪客直接說：「先生，我受一位朋友之託，專誠來訪，想拜託您一件事。」莫札特看著這位先生，年紀不大，穿著是紳士的模樣，說話有一股讓人無法拒絕的力量。

「什麼事情呢？」

「我這位朋友，剛剛失去他的摯愛，想為他寫個曲子，讓他可以永遠懷念摯愛。」

「唉！先生你有所不知，自從我脫離我父親的控制後，我開始過孟浪的日子，周旋在女人之間，喝著美酒，開宴會，我得到愛情的病……」莫札特進一步地解釋：「就是梅毒。」他想起剛剛染病時，還驕傲地自誇說：「開趴慶祝得了梅毒。」荒唐地繼續玩樂。莫札特每回和周邊的女人，朋友聊到這個話題總是眉飛色舞。可是面對這位神祕人士的眼神，他竟然住口，「我……」莫札特收起玩笑的語氣，正經地說：「先生，你要我怎麼協助你呢？」

「請你一定要用盡你的才華，寫出這首曲子。」

「可是我已經許久沒有創作了。」

「這首曲，將被稱為〈安魂曲〉。」這位神祕的人士不理會莫札特的回應，簡潔有力地說。

「安——魂——曲。」莫札特喃喃自語。

「是的，我希望你能答應，全心全力地創作。」那位神祕的人士有一股魔力讓莫札特點點頭說：「好！」

「酬金！我問過了，我給你的是一般行情的兩倍，甚至超過這兩倍，如果成功，後世給你的成就會遠遠超過酬金的價值。」神祕人士提醒，「請您好好創作，因為我的朋友也是個懂音樂的人。」接著問：「您需要多久的時間完成？」

「一個月的時間。」

「好的，這是酬金，先給你了。」神祕人士將沉甸甸的一包金錢放在桌上。

莫札特拿起沉重的酬金，「這太多了。」神祕人士不說一語，頭也不回地離去了。

之後，莫札特開始創作，收起他玩世的態度，沒天沒夜地思索作曲，那股狂熱像把火熊熊地燃燒著，可是他那身子早被淘虛了，火很快地燒光，莫札特轉為孤寂和絕望，他的心靈被黑暗攫走了，身體有一種被壓垮的感覺。

「你還好嗎？」一個月的時間到了，那位神祕人士來看莫札特。

「喔！先生很抱歉，這個作品我覺得不甚滿意。」

神祕人士看了作品的手稿，「我知道，這曲子不好寫。」

「唉！」莫札特發出長長的嘆息。

「再給你一個月的時間。」神祕人士將帶的錢幣，又是沉甸甸的一包放在莫札特的書桌上，目光炯炯地叮嚀莫札特，「用盡你的生命完成它吧！」

「先生……」莫札特想問問這位神祕先生，他到底是誰時，但他像是風一般地離去。莫札特喚了老管家。

「那位神祕的先生，去那兒了？」

「誰？」

「就是剛剛來拜訪的那一位。他上個月也來過，他究竟是誰？」

老管家搔抓著他少得不能再少的頭髮，滿臉疑惑，「主人呀，你還好嗎？這些日子以來都沒有任何人來找您呀！」老管家心想：「你的酒友，還有那些讓你得到愛情的病的酒女都不見了。」

「可是……」莫札特看看桌上那袋錢幣，沉思了一會兒，「好了，沒事了，你忙你的事吧！」

「您不要再寫了，多休息休息吧！」

莫札特搖搖頭，「你下去吧！」若有所思地摸著那袋錢幣。

老管家心頭直嘀咕，「那袋錢幣是之前的演出，辦理的單位給主人的酬勞呀！愛情的病讓主人真得是病得太嚴重了，頭腦都不清楚了。」

莫札特看著老管家的神情，心知肚明那位神祕人士是誰了！

莫札特得在一切歸於塵土之前，留下一些東西，給這個世界。此後，他更專注在〈安魂曲〉的創作，莫札特知道這是他生命中最後的一個作品。瘦如柴骨的莫札特，躺在床上，只剩老管家陪伴著他。

一個月之後，那位神祕人士再度來到莫札特的屋子，油盡乾枯的莫札特面無表情地看著他，用生命最後的力量拿起譜，坐在鋼琴前彈奏——〈安魂曲〉。在音樂聲中，過去的種種，像是冬日的雪花，自天空飄零下來，慢慢地冰凍了莫札特，面對命運既定的生死之數，莫札特微笑以對，神祕人士終於領著莫札特的靈魂一起走了。

老管家在主人莫札特的房間外聆聽，不禁感嘆：「這是離天國最近的聲音。」阿麗說完後，眼神迷濛，又說了一遍，「這是離天國最近的聲音。」

「阿麗……」小萱低呼。

「喔！」阿麗回神。

「還好嗎？」

「我沒事。」

「以格彈練〈安魂曲〉，練著練著似乎自己也進到那股憂鬱與不安……原本他是想在連假時，回來散散心，只是沒想到搭上了那班火車，而且是站在第八車箱……」阿麗原本秀麗的臉綻放出一抹微笑。

平時，阿麗總是淚眼汪汪，但此刻，她卻不同於往昔，小萱心頭生起不安的感覺，阿麗看到小萱的神情，反而安慰小萱，「護理師，我真的很好，這段往事，沒有人願意聽我說，就算是我的先生，他也不願意聽，可能他也是承受著極大的悲傷，這一年來，我們很少提到以格，就像是他不存在一樣。」

「衛生局不是有安排心理師與你們會談嗎？」

「那個制式話的會談，讓我覺得我的悲傷是不應該的……」阿麗吞了口水，「不去談也罷。」接著，「護理師，我口渴了。」小萱趕忙找了阿麗的水杯，為阿麗倒了一杯水，「我覺得和妳談，我得到了許多安慰。」

「我沒有做什麼？」

阿麗笑笑地，「謝謝妳了。」向小萱深深地鞠躬。

小萱慌忙說道：「啊！妳太客氣了。」

阿麗進房間了。

小萱在交班時，特別將阿麗的狀況交給了大夜班的護理師。小萱的習慣，值小夜結束後，小萱通常會到清晨三、四點時入睡，隔天中午才起床。而下午，是小萱值小夜，她進到護理站時，剛好阿麗要出院，阿麗神采飛揚地向小萱打招呼。

「謝謝妳，護理師！願意聆聽我的故事，這回住院是我最後一次住院了。」阿麗頓了一會兒，又笑說：「我會走出喪子之痛，好好地活著。」

「保重了。」

阿麗終於出院了。晚上十點，與大夜同仁交班完後，小萱回到宿舍，只是這一夜，小萱睡得不安穩，夢見她在一個不知名的廣場，噴泉池畔，有一座天使的石雕像無語地仰望蒼天，流下淚水，〈安魂曲〉傳遍空盪盪的廣場，小萱一人陪著天使雕像。小萱說：「離天國最近的聲音。」

夢的畫面一轉，她在攀登天梯，小萱再定睛一看，是天使帶著她的靈魂慢慢地逐級而上，烏雲一層一層地，悲涼的感覺不時襲來，像是永遠走不出烏雲的世界。當一切的希望渺茫不在時，天使和小萱倆終究撥雲見日，見到陽光與上帝的榮耀，並在上帝之處傳來阿麗快樂的歌聲——

啊　Kappa
上路吧　雨季過去了
啊　上路吧

「阿麗！」小萱開心地喊。

阿麗轉過身來，那個微笑燦爛的，好似陽光。

小萱感覺到身子在震動，她眨了眨眼。臥室窗外的陽光正灑在她的雙眼，手機震動個不停，國家級警報傳來地震報六點八級，小萱清醒了一會兒，隨後拉起被想再繼續睡上片刻，卻像是有心事般，睡不著了。她拿起手機滑開Line，同仁傳給她的訊息——「阿麗自殺……急診急救中。」小萱一看，隨便穿上衣服，趕忙地到了醫院。

急診醫師已為阿麗洗胃完畢了，阿麗臉色蒼白躺在病床上。急診室外已經有兩位警察，阿源和學弟前來瞭解案情。

「我們接獲家屬報案，阿麗出院後將所有的藥物，連同她以前私藏的，配喝著烈酒全部下肚，還燒炭……」阿源解釋。學弟警察還是在滑手機。

驀在此時，三人的手機同時響起國家級的地震警報，急診室的病友驚呼：「地震。」學弟警察隨即衝出急診室，不一會兒地震停了，學弟來到阿源旁邊，阿源白學弟一眼，學弟電話響了，只聽見學弟接起電話，「是！是！我馬上向學長報告。」

學弟掛上電話，「報告學長，剛剛地震過大，火車脫軌，有人受傷，長官要我們前往支援，協助鐵路警察。」

「知道了。」阿源轉頭，看看小萱說：「我們就先離開了。」

小萱沒聽清阿源說的話，她靜靜地觀察阿麗，她發覺阿麗好像笑了，像是在夢中她見到的阿麗一樣，笑得燦爛，正唱著——

啊　Kappa

上路吧　雨季過去了

啊　上路吧

08

共病的對話

今天是週末上午，我們嬌小可愛的護理師小代，還有一位壯碩的護理師小光，他們每個月都會在假日時抽個上午，到急性病房來表演舞臺讀劇給我們看，今天他們演出的是相聲，大意是這家醫院組了一個棒球隊，而這支棒球隊的名字，就叫棒球隊，所以全名是棒球隊棒球隊——

小代：欸，這棒球隊棒球隊球員都有外號嗎？

小光：當然有！我們棒球隊棒球隊球員的陣容堅強，每個球員都有一個很特別的外號，像是誰在一壘、什麼在二壘、三壘我不知道。

小代：什麼？

小光：誰在一壘、什麼在二壘、三壘我不知道。

小代：啊？

小光：誰在一壘、什麼在二壘、三壘我不知道。

小代：你真的知道？

小光：知道啊！

小代：那你告訴我誰在一壘？

小光：對啊。

小代：我是說守一壘的那個人？

小光：誰啊。
小代：我是說守一壘的傢伙是誰啊？
小光：是誰啊。
小代：你幹嘛問我？
小光：我沒有問你，我在告訴你啊！

於是這樣子沒完沒了，這齣劇根據維基百科的記載是《誰在一壘？》（Who's on First?），是由美國喜劇拍檔亞伯特與卡斯提洛（Abbott and Costello）演出的喜劇段子。知名演員劉亮佐及趙自強也重新詮釋這個段子，兩個主角在談論一支棒球隊的成員，一壘手是「誰」、二壘手是「什麼」、三壘是「我不知道」，就這樣漫無邊際地各說各話，鬧出許多的笑話。

其實，住在我們這兒的人，腦子裡也常常出現對話。就像那個愛喝酒的病友，就有一天他出現了對話，我彷彿聽到他的喃喃自語，有兩個人，一位是衛兵，另一位是情緒——

情緒：愛喝酒的人聚集在一起，卻不能喝酒。
衛兵：你就是不能喝酒，何況這裡是精神科病房！
情緒：當然，當然，今天下雨了。如果下得是酒雨，他們會不會張口迎向天空，讓酒一滴、兩滴、三滴……全落入口。

衛兵：你就是不能喝酒，記著喝酒會出事！

情緒：酒不是個好東西，所以要消滅它；那……酒這個不好的東西，人把它喝下去了，人也變成了壞東西，那麼……人是不是也要被消滅呢？

衛兵：你就是不能喝酒，記著——當一個控制酒的人！

情緒：好了，我告訴你，那個喝酒雨的人，已經喝到樂了，快樂的不得了。

衛兵：你就是不能喝酒，記著——不要當被酒控制的人！

情緒：喝吧！喝吧！我就是要喝，就算被消滅，也要喝。寧願死在酒裡，也不要死在痛苦裡。

衛兵：喝酒會出事！當一個控制酒的人！不要當被酒控制的人！

情緒：你怎麼只會說這幾句話？

衛兵：我是衛兵，我告訴你，你就是不能喝酒。

後來他告訴我，他的腦子住著兩個人，一個是衛兵，一個是情緒。印證了我所聽的對話。他喝酒的目的，只是要衛兵倒下去，情緒就可以肆無忌憚地奔放。他特別強調，情緒常常受到衛兵無情地管控，那種感覺極度地不舒服。情緒難過，痛哭的時候，會拿刀來在他的手前臂內側割上幾刀，可是衛兵說什麼都不准，還會大罵情緒，「哭什麼，就這點小事，就哭！真是沒有用！」囂張的衛兵，情緒就是要拿酒來灌他，衛兵醉倒後，情緒想幹什麼就幹什麼？

他曾經給我看過，雙手前臂內側的刀傷，一條又一條，橫的，直的，都有。

「我住在這兒，一段時間了，我有時還會聽見衛兵和情緒的對話。」我說。

「噓！」他伸右手食指放在唇上，「我在這兒治療常常聽見我腦子中有對話。」

我和他就這樣常常相互感嘆！讀到這兒，不難理解我得到的是什麼精神病症吧？是思覺失調症，就是以前的精神分裂症。後來，改名為思覺失調症。主要是怕汙名化。若是有心要汙名，不管取得再美麗的名字，人家還是會汙名，就像是艾成，人家是怎麼說他的？說他得到憂鬱症，墜樓，死亡。媒體說他中邪，我還為此，投書到報社——

避免遺憾　關懷憂鬱症者

近期社會矚目的的重大新聞，莫過於是藝人艾成的跳樓事件。尤其是看見艾成的妻子，以及從馬來西亞到臺灣處理艾成後事的父母，透過電視媒體一再的播放，許多人心中必然生起憐憫。

這類的新聞事件在新聞上的處理，筆者仍有幾點意見想要提出——

有些電視媒體不斷地以「中邪」兩字形容艾成在教會的脫序行為，以這兩字形容，這是偏見，甚至是汙名化。筆者不清楚艾成的身心狀況，透過相關的報導得知他得到的是憂鬱症，不知道是不是因為適逢民俗七月，故意捨去「發病」中性一詞，而聳動的中邪稱之。

其次是對於有憂鬱症患者，若生起了極端的負面念頭，該教會的伙伴二十四小時的陪伴是避免憾事發生的積極作為，但筆者不能理解的是為何會將當事人發病的過程，拍攝下來，甚至傳給媒體播放，將當事人的隱私完全曝光。

其三是這件事情的發展，有許多責怪家屬的聲音，對於當事人的遺族，甚至是教會盡心陪伴的伙伴，這時內心會出現許多的懊悔，還有罪惡感，此刻遺族、友人需要的是關懷，而非責難。艾成的夫婦都是藝人，享有公眾的知名度，正因如此他的親朋好友們所承受的壓力會更大，希望社會上能多一些關懷，從另一個角度來處理，告訴大眾要如何陪伴憂鬱症者，以避免再生遺憾。

不知道是文采不好，還是主編有其他的想法？報社竟然不刊登，我想他們應該是一夥的。

再回來談談艾成的跳樓事件，媒體說艾成有思覺失調症，艾成的發病，確實有點像思覺失調症的病症，可是他沒有精神科的就診紀錄，我也不好妄加猜測。其實每個人都有一些妄想，甚至幻覺，只是有些人自己知道，沒有干擾到他的社會功能，像就學，工作，日常生活，這就沒事了。就像是我認識的一位作家，滿腦子的胡思亂想，有一回他還說他是外星人，給我作了一個正式的簡報，題目是「一個外星人對地球人的觀察」。

一定有人會問我，他是用什麼語言？當然是地球語，而且是我聽得懂得地球語，講到他，我就有點興奮了，他是很有趣的一個人，擔任心理師的工作，他對我說：「工作這麼久了，我一直都是聽故事，聽到最後，我開始輕視心理諮商了。」當個心理師靠心理諮商吃飯，卻輕視心理諮商，這不有趣嗎？他簡報那天對我說——

我是一個外星人，住在地球上，觀察人類的一言一行已經有好一段日子了。

同其他物種相比，人的生命很短，都會死亡，可是大多數人又否認死亡。人對不願意面對現實的人，稱之為鴕鳥，主要是牠遇到危險時會把頭埋在沙裡。對於死亡他們的心態就像是鴕鳥一樣，認為死亡是一定會來到的，但暫時不會來。他們追求世上的名利，證明自己的存在。在享受名利的過程中，告訴自己我是會死的，但不是現在。

所以他們是在死亡的威脅下過日子，有時會憂懼。人如果進一步思考，憂懼會是讓人類體會到死亡是必經之路，其他人無法頂替，就會瞭解到自己是獨特，是提昇自我進入自我的純真境界。

受到死亡的影響，人一直追求自己的存在與在世的意義。

但我發現人在追尋存在時，有很大的矛盾。

每一個人都是孤獨的，想追求自己的存在，可是卻又常常否認自我的獨一性，將自己投身在群體中，他們將這樣的集合體稱之為「人們」或是「我們」，在「我們」共同關切的世上，藉著「說話」，用「我們」代替了我。

我曾看過一個案例，張三與李四同在一個群體內，但張三不喜歡李四，有一天群體決議要去看電影，張三雖然不樂意同李四去看電影，但是為了群體，張三還是去看了，這個「我」——張三消失了，在「我們」之中不見了。

我只看見這個「我們」，卻看不見張三——這個「我」。

別看大群體是這個樣子，小至兩人的團體是一樣，比如親密的愛人。不論男女，人常說「同心」，但同心勢必要付出自我，好成為共同的「我們」，當「我們」慢慢擴大，壓縮到「人的領域」時，人就出了問題。

想想我是個外星人，觀察了數千年，在人類的歷史，這是一個很大的問題。

還好外星人，基本上與同類是一體的，不用人類所用的語言作溝通的媒介，我們能用心彼此相通、相連，當我們不想說話時，又可以離群。

我得先行回到我們的星球報告我的觀察成果。

人的問題真多……下回，我再回來看看。

看官們若想多瞭解，可以參考他寫的《天堂》[1]，他把他的親身經歷，寫成了〈外星人狂想〉。

這位作家正是我們的心理師，喔！不，他自稱是我們的心理師——周牛，上一回有另外一位病友——阿慈，見他長的壯碩，在周牛後面加了個獅——周牛獅，他似乎愛上了這個名字，老是自稱是周牛獅，他還懂得蠻多的，尤其是野外求生。

我記得那天晚上，我們在病房的陽臺，看著天上的星星，因為光害，我們能看到的星兒不多。他先找出北方的方位。當然我們也會懷疑，他說的北方到底對不對？

周牛獅理直氣和地說：「從醫院精神科病房的陽臺，看到都蘭山，向後延伸，那個方向，就是正北方。」他指著夜空，說：「你會發現離地面不遠的天空有些星星排列出杓子的形狀，這是中國俗稱北斗七星，也是西方稱為大熊星座的一部分，將杓口的天樞、天旋兩顆星連線距離五倍，就可找到較接近地平的這顆二等星。」

其實說了半天，只有他自己在嗨，我們什麼也聽不懂，什麼都蘭山？什麼星星？烏黑烏黑的一片，更別說看到北極星子。周牛獅若有其事地說：「夜晚，北極星子一直是守護旅人的燈塔，默默指引著方向。」他神情莊重，「每個人的一生中都會有北極星出現，告訴你人生的方向。他可能是父母，是老師，是朋友……當你功成名就光明出現，

[1] 周牛著，《天堂》。臺北：釀出版（秀威資訊），二〇二二年。

他就隱然而退，很可能你再也見不到他了，但他卻是影響你一生的人……」

周牛獅潤了喉，「嗯！嗯！」又接著，「地球，也需要有人來指引。」

「你說的是神嗎？」病友問。

「我不相信有神。」另外一位病友說。

「你要信上帝，信耶穌，才能得到永生。」基督徒病友說。

「阿門。」另外一位基督徒大聲地表示同意。

說到基督教，聊到耶穌這兩位基督徒病友就來勁兒了，為了識別我就分成甲基督徒、乙基督徒吧！——

「耶穌在客西馬尼園禱告被抓，到被釘死在十字架前，經過了一些人，我印象中有……」甲基督徒說。

「哪些人？」乙基督徒疑惑著。

「彼得，口中稱主，臨危時卻三次不認主。彼拉多，不認為耶穌有罪，卻無勇氣抵抗，洗手甩鍋，說：『流這義人的血，後果由你們承擔。』文士、法利賽人，自命清高，是上層建築的人……」甲基督徒解釋。

「上層建築，住在樓上啊！」乙基督徒一臉不解。

「這是馬克思主義理論，這個理論將人類社會分成兩部分，經濟基礎和上層建築。經濟基礎是社會生產方式，包括老闆與工人的關係。上層建築指的是社會中的文化、制度、宗教，上層建築有時會經濟基礎。」周牛獅解釋。
「還是心理師厲害。」甲基督徒讚美。
「你是基督徒，還研究無神論的馬克思主義呀？」周牛獅笑笑地說。
「繼續，繼續……」乙基督徒要求甲基督徒繼續說。
「咳！咳！」甲基督徒清了喉嚨，繼續說：「文士、法利賽人滿口仁義道德，卻一心想殺耶穌。兵丁，搞不清楚狀況，上級叫做什麼，就做什麼。群眾，又分喊打喊殺的，以及默然無語的。對了，還有那兩個被判十字架釘刑的江洋大盜，一個立馬向耶穌悔改了，耶穌對他說：『今日你將與我同在樂園。』另一個則是毫無悔意，不想改，死就死了。」
「阿門！那你是會是那個類型？」乙基督徒好奇。
「當然絕不會是耶穌，沒那麼偉大。」甲基督徒語氣堅定。
「那到底是……」乙基督徒一再追問。
「算了，不想了。耶穌死後復活已經二〇二二年了，願世間上所有人都能平安，人間即是『天堂』！」甲基督徒實問虛答。
那兩位基督徒像是在說相聲。一位常跑天后宮的女信徒，不服氣地說：「我們的媽祖也是神呀！我告訴你們天后宮下週將舉辦十二年一次的建醮祭典，苗栗縣拱天宮白沙屯媽祖也會來遶境祈福，這是白沙屯媽祖三百年來首度到我們這兒遶境。」伸出她的右手，優雅地翹起她的蓮花指，念念有詞，「三百年來頭一回，白沙媽祖賜平安。」雙手結了一個印，送給周牛獅，「觀世音會保護你的，心理師，別擔心。」

「根本就沒有神，我是堅定的無神論者，有神的話，你們證明給我看。」我義正嚴辭地說，宛如法官判決的堅定。

周牛獅笑笑說，「看來，我引起了討論。其實，有沒有神，我也不知道，但我相信，這世間上，總有一個造物主存在，不然不會有地球，不會有太陽，也不會位置放的剛剛好。假設造物主，把我們放得離太陽近個一百公尺，地球可能會怎麼樣？」

「可能熱死了。」

「遠個一百公尺呢？」周牛獅問大家。

「可能冷死了。」

「所以，我們要感謝上帝。」基督徒們說。天后宮的女信徒的雙手又結了一個印，「我要送給我的心理師。」傳送給周牛獅，周牛獅浮現尷尬的神情。

周牛獅不再言語，只是默默地注視天上的那顆星，他看星星的眼神很專注，似乎那顆星也映在他的黑瞳。周牛獅似乎感應到什麼，念——

黑夜慢慢浸潤大地

我踽踽前行

在這漫天的黑暗中

我歎息
生命豈能獨行
是上天的眷顧與憐憫
我遇見了你

縱使你渺如北辰
那點點星光
已溫暖了我的心

你說黎明才是希望
要耐心等待

我
耐心等待
慢慢穿越黎明前的深層黑暗

終於
東方出現一抹肚白
黑暗漸漸褪去
希望已然出現
我滿心歡喜……

驀然想起
你是否還在
轉首北望
你已消逝不在

我們就這樣對話，你一言我一語地，時間這麼過去了，心理師說：「時間到了，大家要刷牙、洗臉吃藥了。解散吧！」語畢後，周牛獅拿自己牙刷、牙膏，進到房間去了。原本我以為對話，就結束了，可是不知怎麼地我的腦海，又聽見了對話，這個對話是……有點熟悉，又有點陌生。感覺是朋友，又像兩個路人，那個感覺很微妙，我再細細一聽，確實有……，很清楚地傳來他們的聲音。是從腦子裡傳來的，有個男聲，「我叫小思，我得的是思覺失調症。」

「哈哈哈……小思你活的世界應該很精采了，充滿了無限的想像。」是個女聲有著銀鈴般的笑聲。

「妳叫什麼名字。」

「小憂，我得到的是憂鬱症。」

「我感覺妳很快樂呀！」

「哈哈哈……你聽不出來嗎？那是強顏歡笑，苦中作樂……」

「喔！」

「是快樂包裝痛苦。」

「苦笑啦！哈哈哈……」隨即小憂的聲音低沉了，「我一直都是這樣的……」聲音透著無奈、哀傷與悲切。

就這樣思覺失調症與憂鬱症，小思與小憂在我的腦子裡展開了對話。以下是他們的話語——

小思：上一回我看見牆角忙碌的螞蟻，一隻接著一隻前進。

小憂：感覺有點噁心。

小思：看著看著，突然有股聲音要我殺了牠們。

小憂：很殘忍吔！為什麼要這樣做？
小思：不知道，反正就是那個聲音，要我殺螞蟻。
小憂：有點恐怖，你怎麼殺？
小思：我伸出手指，捏死一隻。我感受到螞蟻的體液噴了出來，頭被我摘下來了。第二隻螞蟻走來，覺得怪怪的停了一下，第三隻走來又停了一下，好像牠們發現了些什麼，四處亂竄。
小憂：螞蟻們……啊！我聽見牠們在為死去的伙伴感到驚慌呀！
小思：我停了殺螞蟻的動作，很快地，螞蟻們又排成一線繼續前進。
小憂：你……不殺了嗎？
小思：怎麼可能？你沒聽過殺紅了眼嗎？
小憂：牠們又剛好是紅螞蟻。
小思：嘿嘿！
小憂：啊！別……別這樣殘忍，我求求你。
小思：我又伸出手，再捏死一隻。同樣的劇碼，又再來一次。我好享受螞蟻被我捏得爆漿的感覺。
小憂：螞蟻很可憐，不要再殺了。
小思：妳要不要試一試，享受殺死微不足道的生命，那一種感覺。

小憂：我不要。
小思：哈哈！
小憂：螞蟻大亂了嗎？
小思：對，但沒多久螞蟻們又排隊前進。我繼續殺螞蟻。
小憂：你還繼續呀！
小思：嘿嘿！等到第十次時，螞蟻們已經習慣被欺凌殺戮。
小憂：我快哭了，這是十條生命。
小思：我上癮了，又殺死兩隻螞蟻。
小憂：天呀！螞米……
小思：嘿嘿！妳哭了，連話都說不清，是螞蟻，不是螞米。
小憂：嗚……
小思：當我向第十三隻下手時……
小憂：你又……
小思：驀然，轟隆……
小憂：怎麼了？
小思：那一瞬間，大地在震動，天空在搖晃，星辰在墜落。唉！所有的鋼筋水泥全壓在我身上，一陣狂風吹來。

小憂：發生什麼事了？

小思：活著的螞蟻，死去的支離破碎的螞蟻全被風捲起，這是殺戮的世界，螞蟻無端被我殺，我也被……總之，活著的螞蟻全被風捲到我的身子，咬著我的肉體，我的最後一眼只看到斷垣殘壁的世界。

小憂：我聽了，好難過，你……

小思：那個我已經不存在了。地震殺死了地球，地球殺死了人類。

小憂：嗚……

小思：哭什麼？我死了，但是妳不要怕，地球只讓妳活著。

小憂：我不要這麼孤獨地活在地球上。

小思：好好活著，這是妳的命。

小憂同著逝去的小思，大聲哭泣。

那個哭驚動了整個病房。那個腦子住著衛兵和情緒的酒鬼、愛辯的基督徒們、暗戀周牛獅的媽祖婆的信徒、目中無神的無神論者，還有一些看不清面容的病友們安慰——

「你怎麼了？」

「你別哭了！」

「告訴我發生了什麼事？」

精神科急性病房的病友們七嘴八舌地安慰我，想要理解我為何哭泣？

我聽見我的哭聲透著悲痛，那個悲痛是旁人無法體會的。我在我的哭聲中，看見了周牛獅來安慰我，他握著我的手，「看著我，深呼吸，吸氣——吐氣——……」我仍然聽見我的哭聲，一陣又一陣的哭聲中，夾雜著更嚴厲的感覺，哭訴著被遺棄的憤怒、悲苦，以及永遠的自我責備。哭到病友們不捨，哭到病友們害怕，趕忙通報護理站的護理師。

「護理師，思憂在哭。」

「從來沒有聽過這樣子的哭聲。」

「好可怕喔！」

護理師趕忙安撫病友，「大家回到房間。」周牛獅依依不捨地離去，酒鬼、基督徒們、媽祖婆的信徒、無神論者，以及病友們依序進到房間。護理師按下緊急鈴，請求支援，一群穿著白袍的人衝進來，直接抓住我的手與腳，將我約束在病床上，護理師迅速地打了針劑，把我推進保護室，關上鐵門。

那群白袍人散了。

周牛獅緩緩走來，站在保護室的門，透過鐵門加上強化玻璃的小窗，看見我躺在四面都是防撞泡棉的世界。周牛獅想和我說說話，他想到我曾說過，醫師給的診斷上寫「思覺失調症有正性症狀：妄想、幻覺、幻聽、思想紊亂……等。共病憂鬱症。」

周牛獅站在門外聽見我說，或著是我沒有說，但他感應到了小思與小憂的對話——

「小思，不要難過了……你的肉體雖然離開，但是靈魂……」小憂語氣無奈地說：

「那群穿白色衣服的人只會約束、打針。」

「小憂，只有妳是我的好朋友，願意聽我說。」

最後小思與小憂悠悠地彼此相問：「記得心理師常常說的話嗎？」

周牛獅對小思與小憂悄悄地說：「人生的路，我們一起走。」

窗外漆黑一片，夜空中的北極星，點點星光，正一閃一閃地亮著。

09

轉院

有一天，你我都會有想念過世至親的時候，前天夜晚，我睡得迷迷糊糊的，恍惚中，做了一個夢，夢到爸爸戴著老花眼鏡在對統一發票，一時間，我拿了許多發票給爸爸。在那個瞬間，雖然是在夢境，但是我的感覺，就像是爸爸在世一樣，只是很久沒見到他老人家了，但是一轉念，「咦！他不是已經到天國了嗎？」這個念頭，又狠狠地撞擊我的心，雖然是在睡夢中，也沒醒過來，但我知道我是帶著那個難受，再次睡去。

爸爸自從自大學教授退休後，開始喜愛上對統一發票，而且還是很有耐心地收集我們的發票。每個月二十五日開票日的隔天，他總是會買張報紙，戴上老花眼鏡一張一張謹慎地核對，當孩子的我們老笑他，因為發票中獎的機率低，笑他愛作白工。

改成單數月對上兩個月的發票後，他老人家，還是耐心地等待，等著單數月的二十五日來臨。

漸漸地，我也學他開始收集發票對獎，還真的有對上幾次，只是沒得獎的時候永遠多於得獎時。

後來，父親走了。我還是每兩個月會對發票，也許是對父親的一種思念吧！

幾年前，便利超商開始推電子付帳，發票可以存在會員的帳戶內。只是在推行之初，我仍然會要紙本發票，寧願一張一張對號碼，有人笑我這樣子很費心力（就像我笑我老爸一樣），存在電子會員帳戶內省時省力，確實是如此呀！簡訊也曾通知我中獎，剎時內心是有些喜悅的。

只不過……紙本……我還是會懷念的，我想是我的那顆心想重溫那股感覺吧！但我也知道進步的科技是不會留戀在過去的。

每當便利超商的小妹微笑地說：「先生，你的發票是要存會員？還是印出來？」一開始我會遲疑，然後冒出：「存在會員裡。」現在都是直接說：「存在會員裡。」

我知道在無紙化的政策下，紙本發票會一天比一天少，也許有一日紙本會全然消失，到那時也省了我戴老花眼鏡對發票。但我相信老爸對統一發票的身影，會一直在我的記憶裡的。是的，我相信會的，只要我沒失智，這個記憶就會存在。

我的爸爸，他老人家的身子骨一直都是很硬朗的，在他過世前，失智了一段很長的時間，心智能力時好時壞，上一回他到公園爬樹，不小心摔斷了腿後，一直住院。爸爸有時記得許多過去的事情，有時卻只記得他就讀小學時的事兒。爸爸是山東人，喜歡看李國修的舞臺劇《京戲啟示錄》，劇裡有許多離別的場景，劇中梁老闆決定解散戲班，離家出走時，對李師傅說：「咱再相見的時候，那可真是老鄉見老鄉，兩眼淚汪汪。」

爸爸似乎是上了戲癮了，竟然對我說起山東話，「老鄉，您府上那兒？」

「俺是山東即墨。」我一時調皮，說著半熟的山東話，「咱是老鄉呀！」

爸爸微顫地擁抱了我，「老鄉見老鄉，兩眼淚汪汪。」說罷，便低低切切地啜泣了，一時間，我不知如何是好。面對只有單純失智的爸爸，媽媽照顧得很辛苦，後來媽媽決定讓父親住院，住在精神科急性病房。

爸爸住院也好，省得媽媽費力地照顧他，這些年還好有媽媽在，照顧父親，爸爸身體健康，只是腦子忘東忘西的，他還記得媽媽，只聽媽媽的話。只是……失智的爸爸，一年總有幾個月是情緒低落，有幾個月是情緒高亢的，情緒低落時，他就待在家裡，不理人；情緒高亢時，就到處跑，亂買東西……

醫師診斷是躁鬱症，在院治療腿，治好後，又轉到精神科急性病房。

在醫師病解時，媽媽對醫師說：「讓他在病房住一段時間。」媽媽的用意是，我們做家屬的，實在也需要喘口氣了。何況現在又遇到了新冠疫情，擔心他亂跑，不小心染疫。

精神科醫師答應收治，就從那時一直住到現在了。

那一天，我到醫院，見到了爸爸，他坐在輪椅上，媽媽在一旁。整個醫院，亂哄哄地，戴上口罩的病人，坐輪椅的，拿拐杖的，躺床的……都聚集在大廳，醫護人員全身穿上防護衣。

「怎麼回事呀？」我邊調整口罩，邊問媽媽。

「醫院轉型為專責醫院，病房清空，病友要轉到友院。」媽媽說。

「這是什麼道理？我們是偏鄉就只有這麼一家醫院，只為了確診的新冠肺炎……，其他的病人怎麼辦？」一位照服員正推著護理之家的病友從我眼前過去。

「剛剛才接到通知。」媽媽回我。

這陣子疫情嚴峻，新聞媒體天天播放這些新聞。我看周遭，醫護人員忙進忙出的，推病人上救護車的，民眾慌忙趕來拿藥的，還有人詢問以後慢性處方簽要找誰開？還有兩位是身子上有刺青的中年男子，倆人在對話——

「這是啥米狀況？」

「聽講要轉型，只收Covid。」

「啥米？哭悲？是哭啥？」

「沒啦！我講英文啦。」

「我沒讀冊，講明一點呀！講『果語』啦！」

「是武漢肺炎啦！」刺青男繼續，「伊們講病院要改，只許給染到武漢肺炎的人住院。」

「美沙冬[1]……也要停唷？」

「聽講，是要停啦！」

「幹！伊們是不知咱們唉甘苦喲！伊們若是不要給咱們藥啊，咱們就要以死抗爭。」

保全聽見後，連忙把這些人引導到旁邊，不一會兒藥癮個管師下來親自解釋，雙方在喋喋不休地爭執。雜沓的場景似乎是這個偏鄉已經淪為疫區，一幅亂世的圖像。

「可是……這麼多民眾，還有其他的病人該怎麼辦？拿慢性處方藥的人，以後要去

---

1 替代療法的管制藥品。

那兒拿藥？」

旁邊一位男性護理師很無奈地說：「縣府的主管機關說一定要配合中央。」

「那其他人的權益，還有我爸爸……」我看了坐在輪椅上的爸爸。

「這些都與中央的官員反映過了，而且主管機關的人員也在場，他們向長官們保證沒有問題。」說完後，這位護理師又忙著其他的病人了。

我心中一肚子火，「這些官員只在冷氣房，不在第一線。政府公部門的人，到底是在做什麼？」

父親對我笑了一笑，「沒事……」

其實我很感謝精神科病房的醫師、護理師，照顧父親十分用心，讓我們這一家人得以喘息。

尤其是主治醫師，留著山羊鬍子，穿著一身緊緊的襯衫，有意透露出他身體的人魚線，以及六塊肌，我在陪病的日子，他總是七點半就查房了，打破我對醫師高高在上的刻板印象。

我們家的經濟還算過得去，就已經感覺到十分吃力了，「其他弱勢病人、偏鄉病人，醫院這麼一停，該怎麼辦呢？」我心頭正在嘀咕這個問題時，母親拉我到一旁，壓低音量：「你爸爸怕你擔心，不讓我告訴你這件事？」

「可是我人來了，不就是知道了。」

「你爸老糊塗了，昨天知道要轉院，第一件就想起你。」

我心頭有微微的喜悅，父親失智後，常常不認得我。

母親接著說：「我告訴他，不是要轉院而要去，要去美國做短期研究一年，機票已經買好了。」

「他會不會立馬就忘了？」

「忘了就算了。」母親感嘆。

我想起這段往事，那時我約莫國小一年級，父親申請國科會的經費到美國研究一年，他上飛機前，我在機場大哭不讓他走。父親的長期記憶，老是記著分離的情景。

母親又繼續說：「你爸害怕你擔心，一會兒你迴避一下，出去打個電話給我。」

我點點頭，但我同時看到了精神科急性病房的幾位病友竊竊私語。

「為什麼要清空病房？」

「我住在這兒很好呀！」

「這一去，也不知道什麼時候才能再看見我的醫師？」

「是不是醫院不要我們了？」

在一旁的專科護理師忍不住地拭去淚珠，但她還是忍著要爆出的情緒，像個大姐姐般地安慰受到委屈的弟弟、妹妹，「我們……沒有不要你們……」她的聲音已經哽咽了，「這裡是你們的家，等解禁後我一定會去接你們回來。」看到這一幕，和聽到了這些精神病友的對話，我的鼻子酸酸的，趕緊走出去。

大約十分鐘後，我撥通了母親的手機。母親佯裝，「兒呀！啥事啊！找爸爸呀。」語畢後，拿手機給父親，大聲說：「老頭兒，兒子找你。」

「兒呀！怎麼了？」

「爸，最近好吧？」我忍住哽咽的聲腔問道。

「啊！」父親聲音有些遲緩，「和你幾個大伯在學校的研究大樓呢！我在大門等他們出來。」父親說到這裡，聲音顯得精神起來。

「你們要去那兒？」我問道。

「啊！我們要去美……」父親突然語塞，似乎想起那年他去美國，搭機時在機場發生的事兒。父親的思緒彷彿又跳躍了，改口：「兒呀，爸爸和大伯們正在打牌，等一下要去……要去……」爸爸就是這樣子，說話顛三倒四的，思緒跳來跳去。

一旁的母親幫腔，在手機旁大喊：「美術館。」

「對……去美術館。」

我又聽見父親笑著，「輸了。兒啊！」父親開著玩笑，「幹嘛在我手氣不好的時候打電話。」他正盡力讓我感覺到他一切如常。

我像個娃兒一樣，配合父親，「我不信。」孩子氣地說：「你快回來，我很想……」我的淚流下來了，努力地壓著我的聲音，「爸……我想……」

「兒呀！你想要什麼？」

「我想要……想要一個奶油麵包。」奶油麵包，是我小時候，爸媽常買給我吃的口味。

隨後，我看見大型的防疫車緩緩駛進，停在醫院門口，接著身著防護衣的護理人員下車。

在電話中聽到病友們的話語，聽得有些吃力，父親斷斷續續：「兒啊！爸爸現在和大伯們離開了……你要聽媽媽的話……我會買你最愛吃的……」

「奶油麵包。」老媽在一旁大聲嚷嚷提醒。

「對，奶油麵包。」父親語氣興奮。

「爸……」淚珠滴落的我，趕緊用手拭去。

父親停頓一會兒，說：「兒呀！要好好讀書，聽媽媽的話。」緊接著高聲對我說：「不和你說了。」父親掛上電話。幾乎同一瞬間，我放聲大哭。

好像回到了那年在機場為父親送別的情景……

我好像看到那個我……那個孩子哭訴著：「爸，你快回來，我很想你。」

後來，爸爸的狀況不好，身體日益衰弱，終於躺在病床上，似乎離不開醫院了，我還記得他在世的前幾天，我剛好到臺北參加學術研討會，發表一篇報告。那時我的心頭有感應到會發生一些事兒了，當天晚上趕到醫院，妹妹說：「爸爸，老是看見一些老朋友來找他。」

「多久了？」

「嚴格說起來從三天前就開始了。」醫師來巡房，告訴我們，「爸爸進入譫妄，有個準備吧！」

這個晚上，是我陪他，他一個晚上都沒睡覺一直在說老王，我印象是有個王伯伯，七、八年前過世了，我還陪爸爸參加他的告別式。大約是清晨四點的時候，爸爸心跳紊亂，我趕忙通知全家人，都到了之後，爸爸腦子似也清醒了一些，開始交代後事，他的口齒不清，我們聽得很吃力。

到白天，主治醫師來，我們要求注射鎮定劑。因為爸爸好幾天都沒睡覺了，大約在晚上六點鐘的時候打針，爸爸沉沉地睡去。那天晚上是我陪伴，父親斷斷續續地說了一些話，隱約聽到「親娘……爹……」還有一些人的名字，聽得不是很清楚，但是這一晚算得上是平穩地睡了。

次日上午，爸爸出現一些躁動，只是稍稍亂了一會兒，又睡去了。我看到爸爸的臉面有些鬍渣，幫他剃淨。下午爸爸一直躁動著，自己老把呼吸罩和貼在心臟位置的心電圖的貼片拔掉。就在這個時候，開始出現喉音，體溫下降。我又緊急通知全家人，醫師也來了。爸爸看到醫師，還打招呼。醫師看過後，表明很難挨到天亮了。

晚上由媽媽陪伴，大約在十點鐘的時候，媽媽通知我們趕快到醫院，那時父親已經沒有呼吸，剩下雜亂的心跳。護理師說：「有什麼話，快對爸爸說吧！聽力會是最後才消失的。」

全家人，一個接著一個向前到爸爸的耳畔說最後道別的話語，輪到我了，我握著爸爸冰涼的手，眼淚直流，媽媽交代，「不要哭出聲，不然爸爸會捨不得的。」

著爸爸光滑的臉，我想對爸爸說：「爸爸，安心地上路吧！」但我終究所不出口。爸爸的心臟強而有力，心電圖還有著不規則的餘跳，護理師似乎也感染到我們的不捨。護理師通知醫師，隨後醫師進來宣佈：「現在的時間是民國〇〇年〇〇月〇〇日二十三時四十七分，〇〇〇老先生離世。」護理師關上了機器，就在那個時間點，我成了沒有父親的孩子。

若干年後，我整理了爸爸的遺物，我發現了爸爸的刮鬍刀。這把是電動的，爸爸走後就一直放著沒用。測試後，我發現這把電動刮鬍刀是好的。於是我決定把它好好清一下，到浴室洗臉盆拆開來一看，掉落許多的黃色塵土，與細細黑點。內心微怔，心想這是怎麼回事？我湊近，又看不清。年紀大了，我摘下眼鏡瞧個清楚，那些黑點是鬍子，料想黃色塵土內應該是爸爸的皮膚屑……

如果爸爸在世的話，我一定覺得噁心，但這次看著塵土散落著潔白的洗臉盆，想像著爸爸使用這把電動刮鬍刀剃除鬍子的過程，心中百感。

我想起爸爸臨終前，因著基督徒的媽媽及妹妹的緣故，受洗成為基督徒的點滴，心頭浮起《聖經》上說的：「你必汗流滿面才得糊口，直到你歸了土，因為你是從土而出的。你本是塵土，仍要歸於塵土。」（〈創世紀〉第十三章第十九節）

我將這把電動刮鬍刀內黃色塵土與細細黑點全清倒在潔白的臉盆內，再次撫摸，用右手的食拇指輕搓。沉思許久後，我打開水龍頭用清水沖洗乾淨。

我情緒激動地緊握著這把電動刮鬍刀，告訴自己這把刮鬍刀留著自己用。

10

女人

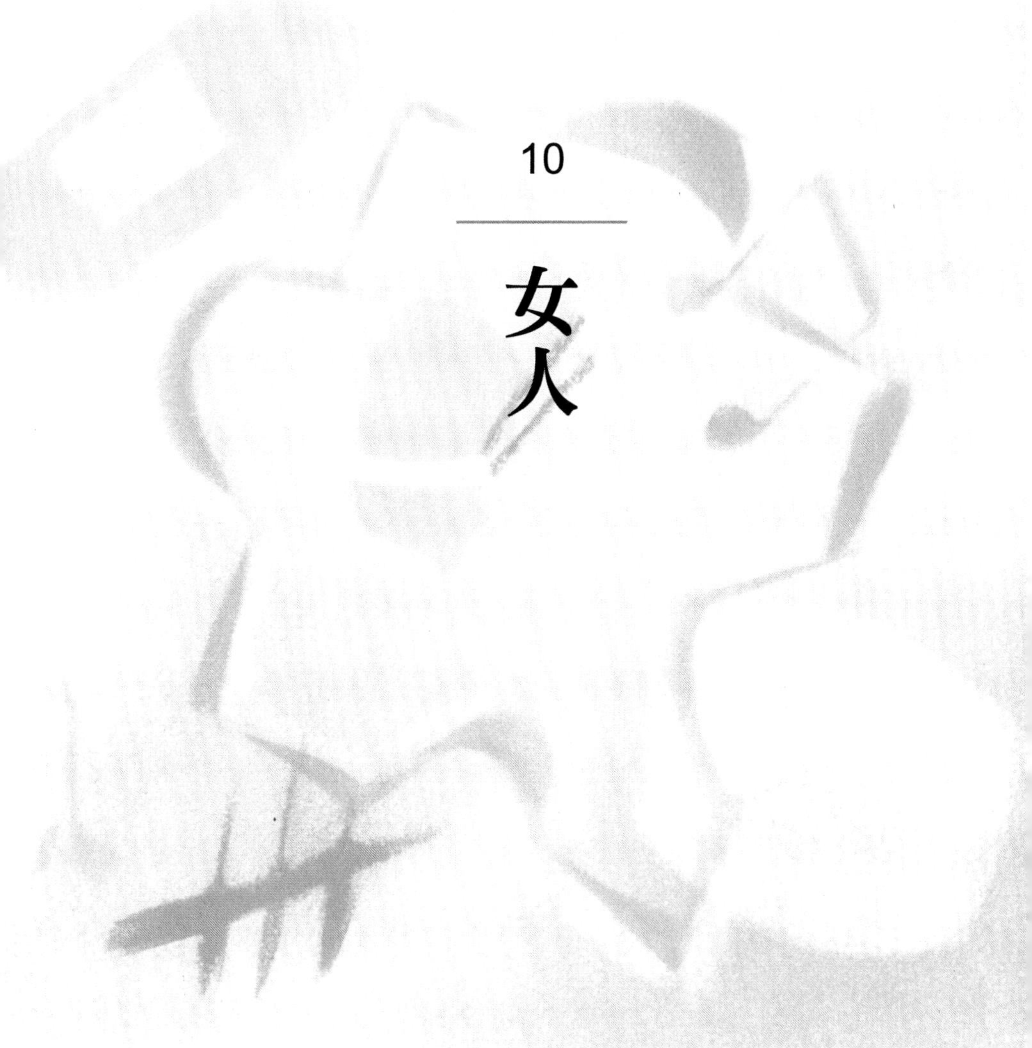

阿穠不喜歡女人。

他是澈澈底底地不喜歡女人，可是他也說，他不喜歡男人。我在想他是不是遇到的女人都是他不喜歡的類型，所以他就直接說他不喜歡女人。換句話說，等到他的白雪公主出現後，也許就是天雷勾動地火，愛死女人，可是目前還沒有出現，他也沒遇到……因為他現在住在精神科病房調養。

阿穠二十來歲，國中畢業，是個經常跑廟的阿美族人。初次住院的他很不配合，動不動就被約束，關進保護室。醫師給他下了很重的藥，見到他時，幾乎都是神情萎頓地癱在沙發，或趴在桌上。他清醒的時候，曾經告訴我阿美族一個傳說，在說女人英勇退敵的故事，嚴格說起來，應該是以智巧取勝。

相傳在一個和樂的阿美族部落裡，外族長毛人，動不動就騷擾部落的安寧，阿美族的男人拿刀拿箭和他斯殺都沒有用，婦女們實在看不下去了，有一天他們開了一個會議——

「打不過他們，唉。我們跑吧！」男人們散布著一股失敗的氛圍。

「這麼沒有用。」其中一位女人高喊。

「你們出去吧！由我們女人討論怎麼打敗長毛人。」又一個女人站起來說話。

「我們……」男人們唯唯諾諾。

「快出去呀！」

男人被趕出去了，有些認命的，就到田裡工作，或是下海抓魚，打掃屋子，等著女人回家；有的，則是失志……把家裡釀的小米酒拿出來喝，緬懷以前的英勇。還有的，則是抱著看好戲的心情，「長毛人，比我們壯多了，看看妳們女人要用什麼方法？」

女人開完會了，一致要求，對外保密，連自家的男人都不可以說出決議的內容。

長毛人又進犯了，這群聰明的阿美族婦女，在高處豎立了一塊塊巨石，又將巨石刻成人像模樣，再披上美麗的彩衣，等長毛人來攻，便躲在巨石像後放冷箭。欺敵的計謀成功了，長毛人一看，有如此巨大的阿美人在遠遠山上射箭，嚇得掉頭就跑，從此也不敢再侵犯阿美族部落。

從此，阿美族就以女性為尊貴，男人非常尊重女性，結婚後的女性，權力很大，只要她的男人太懶惰，女人會休了他。這是阿穠告訴我的故事，這是不是造成他不喜歡女人的原因……這得再觀察觀察。

阿穠是怎樣進到精神科病房的呢？主要是因為思覺失調症，有幻聽，有妄想，有一天在馬路上，他見到女人就罵，女人身邊的男人，為了保護女人就罵回去；有的男人準備動手扁阿穠，要為女人戰鬥；還有的男人趕忙報警處理；當然也有的男人，立刻躲起來，看好戲。

警察駕車來時，阿穠還在罵女人。兩位男警下車，聽見阿穠對女人的謾罵，就直接行使公權力，壓制阿穠。

「救命呀！救命呀！」阿穠大聲呼叫著，從他的眼中看到的那個人一臉鬍渣，大叔模樣，還穿著警察的制服，帶著兩個警察，把阿穠壓制在地上。

其中之一，趁阿穠不注意時，銬上手銬，那個鬍渣大叔警察狠狠地敲阿穠的後腦，登時，他昏了過去。醒來後，阿穠發現自己已經被綁在床上，住精神科的急性病房了。

今天是我第一次與他會談，我推開他的病房門時，他尖叫地躲到床下了，一臉驚恐。警衛衝過來，「心理師，怎麼了？」

「沒事，我可以處理。」

「確定？」

「真的沒事啦！」

警衛確認安全後，就離開了。

「沒事，門關起來了。」我安撫床下的阿穠。

他搖搖頭。

「別擔心。」我口氣和緩。

「有沒有女人？」阿穠低聲說。

「沒有，你可以出來了？」

「不過，我怎麼知道妳不是女人裝成男人的樣子？」阿穠驚魂未定地看著我。

「我……」我一時呆住了。

「我檢查！摸一下。」當心理師這麼久，頭一回遇到這樣的事情。這可是性騷擾了。

我想到我留的鬍渣，那位眼睫毛長長的專科護理師，昨天還眨著美麗的雙眸看著我，「你想當型男……」

「阿穠，你看……」我抬起下巴，「這麼多……」我用手搓著下巴。但心頭一驚，想到今天上午我才用電鬍刀剃淨鬍渣。

「妳少騙我了，根本就沒有，光溜溜的。」阿穠同時間回我。

「我……」我一時語塞。

「妳和那個條子一樣，但她更可惡一臉鬍渣，以為滿口髒話，肏東！肏西！就不是女人了嗎？」阿穠聲調上揚。

阿穠說話如此直白，我還頂不能適應的，「他是道道地地的男警察。」我耐心地說。

「不！她就是個女人，除了騙我，還扁我。妳們易容術越來越好。」阿穠踡縮著，「我跟妳說，妳就是個女人，不然證明給我看？」

天呀！他說的「你」，不知道是不是女字旁的妳？總不能為了和個案會談，為了要證明我不是女人，就犧牲色相，這代價太大了！傳出去，我還做不做心理師呀！我靈機一動，「阿穠，你看。」我頭往後仰，手指著我的喉結。「女人可沒有喉結。」

阿穠細細檢查，「果然是男的。」阿穠爬出床底，「你小心點，別靠那些女人太近。當心背後插你一刀。」並說了一句臺語，「查某蓋狠！」

我心想我喜歡的就是女人呀！我的原生家庭，父母生三個姐姐，還有一個我，一共是四女兩男。結婚後，我和太太生了三個女兒，是四女一男。在辦公室也是陰盛陽衰，五女一男。我會談的個案，算算永遠是女人比男人多啊！「當心背後插你一刀。」聽得我背都發麻了！

「阿穠，怎麼回事？」

「她們打算要征服地球。」

「啊！」

「是什麼時候？要用什麼方式征服地球？她們的目的是什麼？女人和你說了嗎？」我一口氣提出了一連串的問題。

「我感應到的！」

「感應？」我想到最近我聽了一場精神科醫師的演講，主要是靈魂學、量子力學，和精神醫學結合，會後有人提問感應力是可以培養的嗎？這位醫師沒有正面的答覆，徒留更多的疑問。但他提到要平衡信息，非必要時不聚能量，積功德，避惡業，保護靈魂，時時刻刻要清理自我去除惡業，整理信息場中的惡質部分，卻讓我印象深刻。阿穠的感應力和這位精神科醫師的感應力，不知道相不相同？

「欸！你在想什麼？你不相信嗎？」阿穠見我沉思不語，質疑我。

「我只是在想……」

「你們這些穿白衣的人，不要不信，我看過一本書，裡面提到了女人就是要征服地球。」

「是那一本？」

「好像……」阿穠抓抓頭，「我忘了。」[1]

「你有什麼證明，女人要征服地球呢？」

「從武則天開始，女人就想要幹這件事了，後來……她們就被男人壓抑，到了慈禧太后，就更囂張，只是國家太弱了，她當不了皇帝，但是這個野心已經散佈在每個女人的心中。」

「誰……是誰告訴你的呢？」

「我的師父。」

「師父，在廟裡？」

「對。」談到師父，阿穠神情有點悲傷，「唉，他……」

「叩叩叩！」警衛敲門，「上職能課了喔！」

「知道了。」我向警衛點頭示意。時間已到，不能多聊了。我還是提醒阿穠男女生

1　阿穠說的這本書，我查了是《天才在左　瘋子在右》。為中國作者高銘所寫。書中記錄他在中國所調查的幾十位精神病患的案例，其中有一位也像是阿穠懼怕女人，有類似的症狀。不看書的阿穠竟然會讀到這本書，真不知是不是吸引力法則的影響？這本書由時報出版社於二〇一七年十月三十一日出版。

理上的辨識方法，我說：「阿穠，警衛是男的？還是女的？」指著我的喉結。

「男的，和你一樣，有喉結。」

「好，先去上課。我們下回再聊。」

回辦公室，我開玩笑，「妳們這些女人，早晚要征服地球。」我接著說：「阿穠得到的是『女性創傷壓力症』，怕女人怕的要死，啊呀，是怕女人的恐慌。」當然是沒有這個診斷，阿穠得的是思覺失調症，妄想……不過，我和他……喔！應該說是我們都是會被女人征服的男人。

第二次會談時，阿穠打量著我的身上，「你有沒有帶著鏡子？」

「鏡子？」

「對，有沒有？」

「沒有！」

「好，女人都愛看鏡子。」

「你都不看鏡子嗎？」

「不看。」

「什麼原因？」

「我怕女人從鏡子跑出來。」

「那你怎麼躲開？」

「我會在鏡子上畫八卦。她們就被鎖在鏡子裡了。」

和他談了幾次之後，阿穠慢慢打開他的心房。他雖然敵視女人，但他不是同性戀，

「阿穠，你有沒有女朋友？」阿穠眼睜的大大的。我心一怔，心想：「說的太快了。」我連忙致歉，「心理師講太快了，以前你還不知道女人想征服地球的那個時候，有沒有女朋友？」我沒有反駁阿穠的妄想。

「沒有。」阿穠搖搖頭。

「你怎麼處理你的性慾？」

「打手槍呀！」

「你手淫時，沒有性幻想嗎？」一般人手淫時，通常會與異性產生性幻想，如果是同性戀則出現的是與同性發生性行為的想像。

「以前會出現女人。」阿穠突然罵，「幹！這個就是她們厲害招數，控制男人的大腦，控制男人的慾望，而男人呢？為了這個慾望可以發動戰爭，殘害生靈。」阿穠憤恨不平。

「可是沒有幻想女人打手槍，那……怎麼做？」

「就只打手槍。」

「你的意思是為打手槍……而打手槍。」

我心想這也太痛苦了吧！大腦是人類最強的性器官，尤其情慾來的時候，充滿了性

愛的想像，想著AV女優，想著自己心儀的女子。曾有一位住院的個案，他私下告訴過我，他滿腦子地想睡上某位男性年輕的醫事人員，曾經摸了他的臀，後來醫療團隊針對他的衝動行為施以行為治療，給予約束，並實施心理諮商。

「你怎麼會對他有衝動的動機？」

「他理光頭，我覺得很性感。」我心想真的是無奇不有，這位個案的主治醫師，最近頭禿得厲害，只是年紀大了些，不知道會不會也有意思？他聽到我的疑惑，明確地告訴我，「歐吉桑不是我的菜，我喜歡年輕的男人。」

「你想到衝動時，怎麼辦？」我問。

「自己來呀！」他低頭地說。

「在那兒？」我試探問。

「廁所。」他囁囁回我。

「這就對了，這事兒是私密的事情，每個人都有性慾……」這事兒是很正常的發洩，但就是要私下為之。

阿穠說可以獨自完成自慰，沒有任何想像。這倒是我頭一回聽到，在動物界，可沒有那個動物像人類一樣會自己來的，一定會有牠的交配對象。

「好啦，說說到底是發生什麼事情？讓你覺得女人們要消滅男人征服地球。」

「不只是我，連我師父也是這樣認為，不過他被女人害死了。」阿穠慎重地說：

「你想聽嗎？」

上回阿穠本來要說了，但因為上職能課，沒能告訴我，但我得緩一緩，「我感覺你對這件事很重視……」

「別用同理心的那一套。」阿穠直白地說。

「好，有話……就直說。」我給予阿穠肯定。

「對嘛！別這樣婆婆媽媽的，像女人一樣。」阿穠愣了一會兒，「㑑，我又提到女人。」阿穠說出他師父的故事。

李虎是阿穠的師父，在五府千歲當廟公又兼乩童，常常為信徒消災解困。李虎在起乩前，與別的乩童不同，如果有感應，他會先打一套虎拳。

李虎本名姓王，單名幹，王幹，這名可威風了。年輕時，王幹放蕩，他的自我介紹是「王八蛋的王，幹恁娘的幹。」後來受了五府千歲爺[2]，李大亮，李王爺入夢感召，蓋五府千歲廟。原本他用王幹的名來服侍神明，「弟子王幹……」有回竟脫口：「名字是王八蛋的王，幹恁娘的幹。」這可是對神明大不敬呀！

2 臺灣的五府千歲中，有許多種姓氏類別的組合，最普遍的一組：是指「李、池、吳、朱、范」五位千歲（隋唐英雄：李大亮、池夢彪、吳孝寬、朱叔裕、范承業等五位大唐功臣，而唯獨李王於《舊唐書》有其史事。李王仙逝後，太宗皇帝追贈兵部尚書、秦州都督，俗身陪葬唐昭陵）。奉祀此組神祇，有名的廟宇相當多，如臺南市北門區南鯤鯓代天府及麻豆代天府並列為兩大祖廟。

後來大病一場，有一天他作夢夢見自己變成一隻虎到李王爺的官邸，李王爺對他微微一笑，指示他要救救這世道，喚醒沉淪的靈魂，之後王幹就醒過來了。隔天王幹立刻騎摩托車去戶政事務所要改名，他抽號碼排隊排了半天，前面有五個年輕人笑鬧著，也要改名。他一聽原來是都為了那家新開餐廳的招牌——「鮭魚大餐」，只要名字有「鮭魚」，就可以吃到飽。因而這些人要改名為「鮭魚」，趙鮭魚、錢鮭魚、孫鮭魚、李鮭魚及周鮭魚。王幹一肚子火，不過自當了廟公，脾氣改了許多，只是不斷搖頭，默念「王爺公，這些少年人只是迷途而已，毋別生氣，入夢給伊們開示。」終於輪到王幹的號碼。

「先生，我要改姓名，改成李虎。」王幹恭恭敬敬地說。

「王不行改喔！但是幹，你……」辦事員不小心在「幹」字加了重音，覺察到自己的口誤，「抱歉！我沒有要幹你的意思。」又講錯話了，「抱歉！我的意思是『幹』你可以改，就是改那個幹！姓不能改。所以是王幹變王虎。」辦事員解釋。

王幹神情無奈。辦事員多問幾句，瞭解原因後說：「不然用……」辦事員抓著頭，「作者有筆名，藝人有藝名……不然你取個廟名，神明事留給神明，身分證的事留給身分證。」王幹一聽，深深覺得有道理，回廟裡擲筊，連三個都是聖筊。此後，廟名就是李虎，身分證的名還是王幹。李虎，有個虎，但對師母卻虎不起來。李虎怕老婆是出了名，公老虎實在難敵母老虎。

「有一天出事了。」阿穠幽幽道來。

「怎麼了？」

阿穠搖搖頭，並不打算說出這件事兒。換我激阿穠，「別這樣婆婆媽媽的，話都說開了。」

「好，我說了。」

有一次李虎與師母大吵過後，李虎竟像人間蒸發般不見了，失去聯絡。這下換師母緊張了。同阿穠到處找，就是找不到，到第三天，下了細雨。師母在細雨濛濛的夜裡廟門口，撿到一隻毛茸茸的小貓，牠發出細嫩的喵嗚聲！阿穠頗不是滋味，師父都不見了，師母還有心情玩貓。只不過這貓似乎不大喜歡師母，老是跟著阿穠。阿穠原本不想理會，但是有一大他在廟前廣場抽菸，與牠四目交接時，他感覺到牠的無助，於是將貓抱入懷中。

師母看見了，高喊：「這是我的貓。」師母大罵阿穠，「男人抱貓！像話嗎？」動手將貓搶過來，緊緊抱著。阿穠看見貓害怕的眼神，牠的身體僵硬了，在師母的白白碩大的胸脯中不敢亂動。小貓自那時起，就一直被抱著，窩在師母的懷中，與阿穠保持距離，小貓只是定定地看著阿穠。

半年後，師父仍不見蹤影！

阿穠決定趁著師母不在，要偷偷離開廟，他想起了師父，心中難過，到了神壇，點香告別，「師仔……」

「喵……喵。」

阿穠心想：「師母沒帶著貓嗎？」

驀地那隻小貓突然跳到神壇，宛如一隻小老虎，阿穠看著那隻小貓，幽幽低呼：「師仔！」不由自主地掉下淚來。小貓的瞳孔突然發出奇異光芒，動作頗似李虎起乩打的那套虎虎生風的虎拳。

跋

這本書，我再讀了一遍，這群人按精神醫學的診斷，精神科醫師會給主角們，一個屬於他的醫學病名。不過我覺得以青的主治醫師黃醫師說得好，「這些身心狀態的分類，只是醫學上的專業名詞，回到人性上，以青只是一個受苦的靈魂。」人生的困頓，情感的悲離，若從心理諮商存在主義學派來看，人生的情狀盡在此書之中。

這十篇短篇小說的故事、情節基本上都是虛構的，在虛構中我也結合了一些時事，還有我經歷過的事情。我在自序表示——

文字世界對於我而言，充滿著魔力，彷彿上癮一般，一個「寫」癮，於是乎你活在這些文字裡面，我愛上文字世界中的「你」，愛你的苦，愛你的愁，愛你的……，因為你的感覺，我感受得到……

在寫的過程中，我覺察自己彷彿成了拉雅、羅海萍、以青、秀綾、雲、禎、指揮官、于忠國、白菁勻、岑欣、小爾、周牛獅、阿穠、李虎……我就是主角，那陣子整個心是低落的，越是接近要交稿時，越是糾結。經常看著遠方的教會的十字架，或到天后宮坐坐，低落的情緒一直佔著心頭。後來想起零極限，好好地清理自己，放下放下再放下，歸零歸零再歸零，想像我心中那個失落的孩子，我不斷地輕輕地說：「對不起、請原諒我、謝謝你、我愛你。」才慢慢地緩解。如果讀者朋友閱讀之後，感到唏噓，無奈，也不妨思考那個情緒是什麼？若還是感覺被困住了，就要多關懷自我，和朋友聊聊，戶外走走，也可以用零極限清理；再嚴重，就鼓起勇氣尋求專業協助，這只是心靈的感冒，看看身心科，沒什麼大不了的，平常心以對。只是我們要思考的是，若覺得心中生起感同身受的情緒，試想書中的一切若是真實的人生，身為故事主角的苦要如何自處呢？

從事小說創作麼些年來，讓我覺得寫小說的人，有時就像是導演導戲，戲裡主角的喜怒悲哀，總要能理解，最好是自己能親身體驗，主角才能有血有肉，鮮活靈現。至於讀者朋友們，讀小說就以輕鬆的心情閱讀吧！感同深受主角的情感與省思。若要說這位個案如何如何，符不符合精神醫學或是心理學的理論，不是我寫這本書的目的，如果想要瞭解理論，還不如去讀教科書，還更精確一些。不過我倒是希望社會能關注偏鄉缺少精神醫療資源的議題。

每回寫跋時，就像是走到終點的感覺，開心地到目的了，但又有點失落。記得我曾寫過一則短短的自由書寫——

有些事就是不能忘記，想起來時會有種無奈的情緒生起。好像在告訴我，當初多努力些，就會圓滿了。可惜，那個當初的我，沒有想那麼多，就做了，結果不是我想要的。

或是當初我想了許多，做了之後，我發現得到的結果是好的，是美的，是我想要的，可是卻已經結束。

這種感覺很像每一個消逝的黃昏，黃澄澄的彩霞，溫柔的陽光，縱使我想珍惜，留下一切，可是時間之神，終究會將一切帶走，然後用黑暗告訴我，陽光的美好已經結束。於是我們要帶著這個美好的記憶，期待明天美好的太陽。

首先要謝謝為這本書寫推薦序的國立臺東大學華語系簡齊儒副教授，老師是平易近人的學者，二〇二一年我投臺灣文學獎原住民華語小說徵文比賽，僅得到入圍獎[3]，老師得知後傳訊息鼓勵我，讓我倍感溫暖。老師平時關注臺灣民俗、原住民文學，經常地來回在各個廟宇、部落，在教學、研究的繁忙下為本書寫推薦序。老師是在我說的期限之日完成序文的，想像老師在桌燈下敲著鍵盤，一字一句，打完後傳給我的時間已是清

3 指〈爸爸們〉，收錄於拙著《天堂》。

晨四時許。另外是草屯療養院的精神科高靜玲醫師的推薦序，百忙中至本科支援，任務結束後歸建，仍然被我緊迫盯人地完成序文，感謝感謝再感謝。

我的朋友銘漢、筱琦、玉玲，雖然散居全臺各地，但曾經一起努力的記憶猶新，如同昨日，我想念你們，感謝你們的真情小語，與你們在一起的學習，共同陪伴心靈受苦的人，是段難忘的快樂時光。還有封面插畫的畫家福丁，她告訴我圖的寓意是「拾起遺失的拼圖」——

我記憶裡的拼圖，曾遺忘在心底的某個角落。醫院裡的精神科病房是修復心、靜養心與復元心的地方。就像圖中的OK繃、音樂、三餐，隱喻醫療團隊總是付出關懷，不只是在食衣住行育樂上，還療癒我心中的傷，使我能找回心的力量，慢慢地讓心能創造更多顏色。那段時間過後，終於我有勇氣拾起那片遺失的拼圖，繪出我想要的色彩。

要謝謝秀威資訊公司在二〇二三年開年伊始允諾出版這本書。每當我有新的想法時，有氣質的編輯——人玉總會給我一些建議，謝謝整個團體為這本書付出的努力。

更要謝謝國藝會通過這十篇短篇小說的寫作計畫，國藝會的慈憶無意中的一句話，讓我想到一個哏，進了故事裡，主角有名，有生命，故事活潑起來了。

最後，最要感謝的是讀者朋友們，在一切講究影視的時代，仍願意靜下心來一字一句地閱讀，感受文字的直指內心的美好。這是最好的支持了，有了這個支持，每位作家才有繼續寫下去的動力。

謝謝你們！

釀文學276　PG2923

我在精神科陪你：
心理師周牛短篇小說集

作　　者　　周　牛
責任編輯　　孟人玉
圖文排版　　陳彥妏
封面繪圖　　佩芬・福丁
封面設計　　吳咏潔

出版策劃　　釀出版
製作發行　　秀威資訊科技股份有限公司
114 台北市內湖區瑞光路76巷65號1樓
電話：+886-2-2796-3638　傳真：+886-2-2796-1377
服務信箱：service@showwe.com.tw
http://www.showwe.com.tw
郵政劃撥　　19563868　戶名：秀威資訊科技股份有限公司
展售門市　　國家書店【松江門市】
104 台北市中山區松江路209號1樓
電話：+886-2-2518-0207　傳真：+886-2-2518-0778
網路訂購　　秀威網路書店：https://store.showwe.tw
國家網路書店：https://www.govbooks.com.tw
法律顧問　　毛國樑　律師
總 經 銷　　聯合發行股份有限公司
231新北市新店區寶橋路235巷6弄6號4F
電話：+886-2-2917-8022　傳真：+886-2-2915-6275

本書由國家文化藝術基金會補助出版　國｜藝｜會 NCAF

出版日期　　2023年6月　BOD一版
定　　價　　360元

讀者回函卡

Printed in Taiwan

國家圖書館出版品預行編目

我在精神科陪你：心理師周牛短篇小說集/周牛著.
-- 一版. -- 臺北市：釀出版, 2023.06
面；　公分. -- (釀文學；276)
BOD版
ISBN 978-986-445-813-4(平裝)

863.57　　112005891